James Krüss

DIE STRASSENBAHN ZUM MOND

Geschichten für kleine Leute

Tosa Verlag

Im Auftrag hergestellte Sonderausgabe

Umschlag von Susanne Riha

Printed in Austria

Der Kindertag

In einer mittelgroßen deutschen Stadt an einem Flüßchen feierte man alljährlich am zweiten Sonntag im Mai den sogenannten Kindertag. Dann durften die kleineren Menschen den größeren Menschen befehlen, und die größeren mußten tun, was die kleineren verlangten. Das gab in den ersten Jahren viel Spaß und selten nur Ärger, bis jenes Jahr kam, in dem sich die Kinder schon Anfang April miteinander berieten. Da gab es in Lecksingen – so nämlich hieß die Stadt – ein großes Verwundern.
Schon in der Frühe, Schlag sechs, begann es zum Beispiel im Hause des Polizeileutnants Ordemann. Da stand der Sohn des Hauses, Siegfried, meist Siggi genannt, vor der Schlafzimmertür seiner Eltern und schlug mit einem Holzlöffel so gewaltig auf eine Bratpfanne ein, daß die zwei ausgewachsenen Ordemanns aus den Kissen auffuhren, als sei ein Erdbeben oder der Jüngste Tag.
»Aufstehen! Duscht euch gründlich und macht eure Betten! In zehn Minuten wird gefrühstückt!«
Das war die Stimme des Sohnes hinter der Tür; aber sie sagte das gleiche, was jeden Morgen, Tag für Tag, Frau Ordemann ebenfalls sagte. Die Mutter lächelte denn auch, obwohl ihr Herz noch klopfte vom Lärm des ungewöhnlichen Weckers. Ihr Mann aber, der Herr Polizeileutnant, aus seinem wohlver-

dienten Sonntagsschlaf gerissen, brüllte: »Seid ihr verrückt? Wartet gefälligst, bis wir aufstehen. Schließlich ist Sonntag.«

»Und Kindertag!« ergänzte auf der anderen Seite der Tür Sohn Siggi. »Wer nicht zur Zeit erscheint, bekommt kein Frühstück.«

»Das ist denn doch . . .« Der Leutnant war mit einem Satz aus seinem Bett, mit einem zweiten an der Tür, die er verärgert aufriß, und mit dem dritten Satz . . . Doch dazu kam's nicht mehr; denn auf der Diele sah der Leutnant nur die alte Truhe, auf der die Negerpuppe seiner Tochter Ina saß und ihn mit ihrem ewig gleichen Lächeln ansah.

»Die Kinder«, sagte der Leutnant und knallte die Tür zu, »sind übergeschnappt. Ich leg mich wieder hin und mach mir später selbst mein Frühstück.«

»Das ist verboten, Rudolf«, sagte seine Frau.

»Verboten? Mir? Das Frühstückmachen im eigenen Hause?«

»Ja, Rudolf. Die Regeln, die du für die Kinder gemacht hast, gelten heute für uns: Wer nicht pünktlich zum Frühstück kommt, darf sich später keins machen. Es ist Kindertag.«

»Kindertag!!!!!!!« Der Leutnant sprach das Wort mit sieben Ausrufezeichen.

So viele Ausrufezeichen kann man gar nicht schreiben, wie nötig wären, um sie hinter das Wort zu setzen, das an diesem Sonntag gebrüllt, geseufzt, geknurrt, gemault oder geschrien wurde: Kindertag!!!!!!!!

»Kindertag«, seufzte etwas später auch Frau Niemeier, die Frau vom Baupolier aus der Tapetenfabrik. »Kindertag! Da sitz ich herum und muß mich kommandieren lassen; und alles wollen die Gören selber tun. Möcht wissen, ob die Fenster sauber werden.«

»Die Fenster werden heute nicht geputzt, Frau Niemeier«, sagte die kleinste ihrer Töchter, Klärchen. »Einmal die Woche genügt. Lecksingen liegt ja nicht im Ruhrpott.«

»Einmal die Woche?« Frau Niemeier, die eine Schürze umgebunden hatte, die sie gar nicht brauchte, saß in der Wohnküche in Erwartung des Frühstücks und brummelte: »Fenster putzt man täglich. Zum Schluß mit Zeitungspapier.«

»Wer sie nur putzt, wenn's nötig ist, der kann die Zeitung sogar lesen, statt damit zu putzen«, sagte Sohn Heini. Er stand am Gasherd und briet Frühstückseier.

Sein Vater, der in der Küchentür stand, die Daumen unter den Hosenträgern, lachte. »Laßt Mutter lieber nicht die Zeitung lesen«, sagte er. »Sie versteht ja doch alles falsch.«

Da aber fuhr die älteste Tochter, Agnes, ihm über den Mund: »Red du nicht über Sachen, die du nicht verstehst. Von Frauen verstehst du soviel wie der Pa-

stor vom Bau. Und jetzt wascht euch die Hände. Es wird gefrühstückt.«
Die beiden größeren Niemeiers sahen sich an. Sie wollten wütende Worte, wie üblich, auf ihre Kinder niederdonnern; doch sie verschluckten den Zorn und gingen ins Bad, sich die Hände zu waschen: Kindertag!
Lecksingen, eine mittelgroße Stadt, wie ich schon sagte, eine saubere, brave, ordentliche deutsche Stadt (wie man in jedem Lexikon nachlesen kann), Lecksingen hatte einen so seltsamen Kindertag wie diesen noch niemals erlebt. Früher waren die Kindertage lustig gewesen, vor allem für die größeren Lecksinger, die es niedlich fanden, wie kleine Leute große Leute spielten. Auch diesmal war es lustig, aber vor allem für die kleineren Lecksinger, die Kinder: Sie machten und taten und sagten nämlich diesmal haargenau das, was sonst die Erwachsenen machten und taten und sagten. Und das sah in den Augen der Erwachsenen denn doch bedenklich nach Spott aus . . .
Auch die Frau Pastor sagte, bevor ihr Mann zum Kindergottesdienst hinüber in die Kirche ging: »Es ist Kindertag, Otfried; vergiß es nicht!«
»Das fehlt noch, daß die Dreikäsehochs mir das Wort Gottes erklären«, murmelte der Pastor. Dann ging er. Unter dem Arm trug er dreißig dünne Heftchen mit dem Titel »Waldröschen, Sonntagsblätter für den evangelischen Kindergottesdienst, zur Beleh-

rung und Unterhaltung.«
Pastor Riebesam war ein großer Redner vor dem Herrn. Er konnte alles zwischen Himmel und Erde erklären, und Bibelsprüche kannte er mehr, als Tankwart Köpplers Sohn Automarken kannte.
Den Kindergottesdienst begann der Pastor wie gewöhnlich mit einem Gebet. Es endete, wie gewöhnlich, mit dem Worte Amen. Danach wollte er wie gewöhnlich einen Bibelspruch vorlesen, besprechen und erläutern.
Doch es war Kindertag. Kulle Mielcher, der den Pastor so gut nachmachen konnte, der einzige Sohn von Seilers Supermarkt, Inhaber Anni Mielcher, Witwe, Kulle Mielcher hatte schon einen Bibelspruch vorbereitet.
Als Pastor Riebesam den Kulle vortreten sah, eine Bibel in der Hand, in die er einen Finger gesteckt hatte, als er den Kulle sagen hörte, man wolle sich nun das Wort des Herrn anhören, sagte der Pastor: »Hör mal, mein Sohn . . .«
Doch Kulle Mielcher, ganz der Pastor, unterbrach ihn feierlich und sagte: »Hören Sie mal, mein Vater . . .« Hier kicherten die Kinder; denn Kulle hatte, ganz wie sonst der Pastor, die rechte Hand über der Herzgegend gespreizt. »Hören Sie mal, mein Vater«, sagte also Kulle, »ich möchte mir ausgebeten haben, nicht unterbrochen zu werden. Lesen Sie den Aufsatz unseres großen Dichters Heinrich von Kleist

über das langsame Verfertigen der Gedanken beim Reden.«

Dem Pastor Riebesam verschlug's die Sprache; denn diese Bemerkung hatte er selbst wohl an die hundertmal gemacht. Auch sprach der Knabe ganz so wie er selber, schlug – wie er selber sonst – bedeutungsvoll die Bibel auf und brachte – wie er selber sonst – den Kehlkopf in leicht zitternde Bewegung, als er sagte: »Wir hören ein Wort aus dem ersten Buch Mose, Kapitel zwei, Vers sieben.« Dann las Kulle, mit diesem frommen Bibbern in der Stimme: »Und Gott, der Herr, machte den Menschen aus einem Erdenkloß, und er blies ihm ein den lebendigen Odem in seine Nase. Und also ward der Mensch eine lebendige Seele.«

Kulle Mielcher schlug die Bibel zu, sah erst die Kinder an, dann den Pastor und fragte (wie sonst dieser): »Was, ihr Lieben, können wir hieraus entnehmen?«

Na, dachte Pastor Riebesam, ein bißchen schadenfroh, jetzt wird dieser dreikäsehohe Besserwisser wohl nicht weiterwissen und mich fragen.

Aber der Pastor irrte sich: Kulle stellte vielmehr, ganz in der Art des Pastors, eine Reihe von Fragen und gab dann selbst die Antwort darauf.

»Wo ist denn, ihr Lieben«, fragte Kulle pastoral und salbungsvoll, »der Mensch entstanden? Ist er denn nicht auf einem runden Stern, der um die Sonne kreist, entstanden? Gleicht dieser Stern nicht einem Nudel- oder Hefekloß? Und nennen wir denn diesen Stern nicht Erde? Wo also, frage ich euch, ist der Mensch entstanden? Auf einem Erdenkloß, so wie es in der Bibel steht.«

Kulle klopfte nach Pastor Riebesams Art nachdrücklich auf die Bibel und fragte, ganz wie sonst der Pastor: »Was aber lernen wir daraus?«

»Das werde ich wohl am besten wissen«, knurrte der Pastor.

»Und warum, mein Sohn?« fragte in riebesamscher Salbung Kulle.

»Weil diese Dinge, Kulle Mielcher, nur ein Erwachsener begreifen kann.«

Da drückte Kulle, nach des Pastors Gewohnheit, die Bibel an die Brust und sprach mit geistlichem Donnergrollen in der Stimme: »Der größte unter euch soll euer Diener sein. Denn wer sich selbst erhöht, der wird erniedrigt werden. Matthäus 23, Vers 11 bis 12. Und Jesus sprach: Lasset die Kindlein zu mir kommen, und wehret ihnen nicht; denn solcher ist das Reich Gottes. Lukas 18, Vers 16. Und viele, die da sind die Ersten, werden die Letzten, und die Letzten werden die Ersten sein. Matthäus 19, Vers 30.«

Solche Augen wie an diesem zweiten Sonntag im Mai hatte Pastor Riebesam noch niemals gemacht; denn ausgerechnet Kulle Mielcher, ein wilder Feger nach des Pastors Meinung, wartete mit Bibelsprü-

chen auf und kannte, wie sich nachher zeigte, noch viel mehr.
Der Pastor, der gern dies und das erklären wollte, vor allem diese Sache mit dem Erdenkloß, tat es am Ende doch nicht; denn er hätte sich ja dazu melden müssen: Es war Kindertag. Auch fürchtete er – und das mit gutem Recht –, daß er ein bißchen komisch wirken würde; denn Kulle hatte ihm ja seine Mätzchen abgeguckt.
So gab es an diesem Sonntag Kindergottesdienst mit Kulle Mielcher, und Pastor Riebesam vergaß vor lauter Verblüffung, die Heftchen zu verteilen, die er mitgebracht hatte: Waldröschen, Sonntagsblätter für den evangelischen Kindergottesdienst, zur Unterhaltung und Belehrung.
Als Pastor Riebesam, immer noch verwirrt, mit seiner Familie zu Mittag aß, sagte er zu seiner Frau: »Gott schütze uns vor einer Kinderherrschaft!«
»Vor einer Erwachsenenherrschaft kann er uns ja nicht mehr schützen«, sagte seine Tochter Katharina, »die haben wir ja schon.«
Es war Kindertag in Lecksingen, einen ganzen lieben Sonntag lang.
Auch im »Gasthof zur Krone« saßen die Kinder, lärmten, verlangten nach Limonade, Würstchen und gekochten Eiern und spielten Karten, Dame, Domino und Schach. Sie prahlten damit, den Erwachsenen die Hosen strammzuziehen, wenn sie nicht pa-

rierten; sie brüllten nach Ruhe, wenn die erwachsenen Gäste gar zu laut sprachen, kurz, sie benahmen sich ganz so wie sonst erwachsene Leute in der Kneipe. Der Wirt gluckste zum siebenten Male: Kindertag! Und schüttelte sich verzweifelt den siebenten Korn in die Gurgel.

Ulrich K. Bölke, der Tapetenfabrikant, in dessen Werk die halbe Stadt beschäftigt war, ein großer Sammler von Kunst und seltenen Büchern, hatte für diesen Tag ein kleines Fest vorbereitet; nur hatte er leider vergessen, daß Kindertag war. Nun war es zu spät, das Fest abzusagen. Und seine Gäste wieder heimzuschicken widerstrebte ihm. So flüsterte er allen Gästen, die von auswärts kamen, zu: »Es ist Kindertag in Lecksingen. Ich hatte das vergessen. Heute regieren die Kinder.«

Die Gäste sagten: »Ach, wie reizend!« Oder sie sagten: »Das ist ja ganz entzückend, Ulli!«

Aber sehr bald fanden die meisten es gar nicht mehr reizend oder entzückend. Karin Biel, die beste Turnerin aus der 4 A, sagte zu einer Frau Konsul, die sie ansprechen wollte: »Stören Sie uns nicht bei unserer Unterhaltung, Schätzchen. Spielen Sie doch Domino mit dem Apotheker. Er ist im Kinderzimmer.« Akke Schidetzky, der mit der Eins in Latein, stipste eine erwachsene Männerhand von seiner Schulter, als er sich gerade mit Kulle Mielcher unterhielt, und sagte über die freigewordene Schulter: »O cives, cives,

quaerenda pecunia primum est; virtus post nummos!«
»Was sagst du da?« fragte entgeistert der fremde Herr.
»Was Ihnen jedes Kind übersetzen kann, Liebchen«, antwortete Akke.
Und sofort übersetzte Kulle Mielcher: »O Bürger, Bürger, streb zuerst nach Geld; die Tüchtigkeit kommt erst an zweiter Stelle.«
»Aber ich hab ja Geld«, sagte verblüfft der Fremde, der – wie auch andere – einen Smoking trug.
Der Hausherr, der – zufällig oder nicht – dazukam, zog ihn rasch zur Seite und flüsterte ihm zu: »Geh doch um Himmels willen nicht auf ihren Unsinn ein, André. Ich sagte dir doch, es ist Kindertag. Sie nehmen dich und dein Geld doch nur auf die Schippe.«
»Sie spotten über das Geld? Das ist das Ende der Welt!« stöhnte der Fremde namens André. Und weil er, ohne es zu wollen, auch noch in Reimen gesprochen hatte, wurde seine Bemerkung in Lecksingen bald zum geflügelten Wort.
Es war Kindertag in Lecksingen, auch im Verkehr. Da es aber auch an diesem Sonntag den Kindern verboten blieb, Auto zu fahren (und sicherlich zu ihrem Glück), hatten die kleineren Lecksinger das Stadtgebiet an diesem Sonntag zur Fußgängerzone erklärt. Die Autos durften sich nur dann bewegen, wenn fünfzig Meter vor ihnen kein Fußgänger zu se-

hen war. Betrat ein Fußgänger den Fahrsteig einer Straße, mußte ein Auto meistens anhalten und warten. Der junge Schlötz, der einen Jaguar hatte, brauchte von seinem Elternhaus bis zu der Zone außerhalb der Stadt geschlagene vier Stunden. Er war so wütend, daß er schwor, sich niemals Kinder anzuschaffen. Der junge Bölke von der Tapetenfabrik war schlauer: Er ging zu Fuß bis in die Nachbarstadt und mietete sich dort ein Auto. Es war, laut »Lecksinger Stadtanzeiger«, der erste unfallfreie Sonntag seit 28 Jahren.
Das Tollste aber (meinten die Erwachsenen) war, daß punkt acht Uhr sich alle Lecksinger von über zwanzig Jahren in das Bett begeben mußten. Das, fanden die größeren Menschen, ginge zu weit.
So waren die Kinder genötigt, aufs Rathaus zu gehn und einer Abordnung Erwachsener das vorzuzeigen, was Bürgermeister, Stadtdirektor und Stadtkämmerer im Namen aller Bürger über zwanzig unterschrieben hatten. Dort stand unter Punkt 3 zu lesen: »Die Obliegenheiten der Obrigkeit werden bis 24.00 Uhr von allen Stadtbewohnern unter 15 Jahren ausgeübt. Alle Bürger über 20 haben sich deren Anordnung zu fügen. Den Bewohnern zwischen 15 und 20 Jahren steht es frei, sich zu den Kindern oder zu den Erwachsenen zu rechnen.«
Nach Verlesen dieser Anordnung, die keinen Zweifel darüber zuließ, wer im Augenblick Herr der

Stadt war, gingen nicht wenige Väter zähneknirschend nach Haus und danach ins Bett und schworen, als die Kinder ihnen auch noch das Licht ausdrehten, um Mitternacht aus ihren Federn aufzuspringen und zu beweisen, wer der Herr im Hause ist.

Aber kein Lecksinger Vater erhob sich, als es zwölf Uhr von Sankt Marien schlug, aus seinem Bett. Die meisten schliefen statt dessen so prächtig wie lange nicht mehr.

Und fragt ihr, ob sich nun in Lecksingen seit diesem Tag etwas geändert hat, so muß ich euch zur Antwort geben: kaum. Gewiß, der Pastor Riebesam spricht etwas weniger salbungsvoll als vorher; und auf den ganzen langen unfallfreien Sonntag ist die gesamte Bürgerschaft noch heute stolz. Sonst aber hat sich kaum etwas verändert; denn die Erwachsenen haben viel zuviel zu tun. Und wenn man eingesponnen ist in die Geschäfte, dann bleibt ja keine Zeit, um auch noch nachzudenken.

Der Wunderteppich

Der gute Doktor Bäppich
In Illstein an der Ill
Besitzt den Wunderteppich,
Den ich beschreiben will.

Er liegt im Speisezimmer
In Doktor Bäppichs Haus
Und hat den sanften Schimmer
Des reinsten Himmelblaus.

Jedoch er wechselt ständig
Die Farbe und den Ton
Und ändert sich behendig
Wie ein Chamäleon.

Betritt der Doktor selber
Den Teppich, klein und leis,
Wird er allmählich gelber
Und ganz am Ende weiß.

Doch schlürft die Putzfrau Plinster
Ins Speisekabinett,
So wird der Teppich finster
Und wütend – violett.

Man sieht Frau Plinster stutzen,
Weil sie erschrocken ist.
Sie wagt nicht, ihn zu putzen.
Das ist des Teppichs List.

Drum reinigt ihn gewöhnlich
Mit Umstand und mit Müh
Der Doktor höchstpersönlich
Des Sonntags in der Früh.

Doch schon ein wenig später,
So um die zehnte Stund,
Kommt Archibald, der Köter,
Ein Plagegeist von Hund.

Er legt sich lausig nieder
Und beißt den Teppich an.
Doch denkt euch: Der beißt wieder,
Soweit er beißen kann.

Er bildet rote Drachen
Aus seinen Mustern – und
Vor diesen Drachen-Rachen
Flieht der entsetzte Hund.

Hingegen wogt ins Zimmer
Das Kätzchen Annabell,
So macht ein feiner Schimmer
Den Teppich wieder hell.

Er wandelt sich zu Golde
Und leuchtet wunderbar
Für Annabell, die Holde,
Mit dem Angorahaar.

Bleibt er auch stumm dort liegen,
Zeigt er doch allezeit
Das rote Mißvergnügen
Und goldne Zärtlichkeit.

Drum sagt der Doktor Bäppich:
»Auch das, worauf man tritt,
Und sei es nur ein Teppich,
Fühlt und empfindet mit.«

Die Straßenbahn zum Mond

Die kleine Straßenbahn der Linie Numero sieben, die alt und kleiner als die neuen Straßenbahnen war, stand, so wie jede Nacht, in ihrer großen offenen Halle und träumte vor sich hin. Da plötzlich wurde sie aus ihren Träumereien aufgeschreckt: Ein Engel purzelte vom Himmel, plumpste rückwärts hinein in die Straßenbahnhalle und fiel mit dem blanken Po auf die Schienen. Das war nun wirklich etwas ganz Besonderes. Träume ich? dachte die kleine Straßenbahn. Oder ist das Wirklichkeit? Leider konnte sie die Frage nicht beantworten, weil Straßenbahnen sich nicht in die Nase kneifen können. Immerhin sah die Straßenbahn, daß der Engel sich erhob. Er stand nun mit zerdrückten Flügeln im Mondlicht, das durch die große offene Tür fiel, rieb sich mit der rechten Hand die Augen und mit der linken den Po und betrachtete schluchzend die Straßenbahn.

»Was hast du denn?« fragte die kleine Straßenbahn.
»Ich bin«, antwortete, immer wieder schluchzend und schluckend, der Engel, »bei Nacht verbotenerweise mit den Wolken gereist.«
»Und?«
»Und da hab ich mich, weil ich neugierig bin, zu weit über den Rand einer Wolke gebeugt und . . .«
»Und du bist auf die Erde gepurzelt«, ergänzte die kleine Straßenbahn.
»Nein, nein, nicht gleich«, antwortete der Engel. »Zuerst bin ich geflattert; ich habe ja Flügel. Aber die Erde ist so ungeheuer unten, und deshalb . . .«
»Deshalb«, ergänzte die Straßenbahn zum zweiten Male, »deshalb bist du am Ende eben doch gepurzelt.«
»Ja«, sagte kleinlaut der Engel.
»Und was willst du jetzt tun?«
»Ich weiß nicht«, sagte der Engel. »Könntest du mich nicht wieder nach Hause bringen?«
»In den Himmel?« fragte die Straßenbahn. »Wie stellst du dir das vor, mein Kind? Es gibt doch keine Schienen in den Himmel.«
Da brummte irgend jemand: »Neuerdings doch.«
»Wer mischt sich hier in unsere Unterhaltung?« fragte streng die Straßenbahn.
»Das«, sagte der Engel, »war der Mond. Ich erkenne ihn an der Stimme.«
»Soso, der Mond«, sagte die Straßenbahn und

blickte auf das blanke runde Ding zwischen den Sternen. »Und woher weiß der Mond, daß es jetzt Schienen in den Himmel gibt?«
»Weil ich auf meiner Kruste Astronautenapparate stehen habe, kleine Straßenbahn«, antwortete der Mond. »Meine Strahlen sind jetzt elektronetisch.«
»Elektronetische Strahlen gibt es nicht, Mond. Entweder sind sie elektrisch oder magnetisch oder elektromagnetisch.«
»Ja«, sagte der Mond, »das sind sie. Wenn sich der Engel an die Kurbel stellt und ich lege euch zwei Strahlen vor die Räder, dann könnt ihr in den Himmel reisen. Probiert's einmal.«
»Gut«, sagten Engel und Straßenbahn fast gleichzeitig, »probieren wir's!«
Der Engel, der nun nicht mehr schluchzte, stellte sich also an die Straßenbahnkurbel, der Mond bugsierte zwei Strahlen unter die Räder, und schon konnte die Reise losgehen.
Aber sie ging nicht los. Die Straßenbahn rührte sich nicht, und der Engel war wieder dem Schluchzen nahe, als er sagte: »Es geht doch nicht, Mond.«
Aber die Straßenbahn, die sich als Straßenbahn mit Straßenbahnen natürlich auskannte, wußte, woran es lag. »Ich habe oben ein Rädchen an einer Stange«, rief sie dem Mond zu. »Leg auch an dieses Rädchen einen Strahl.«
Dies tat der Mond, und als der Engel nun die Kurbel

bewegte, fuhr der kleine Wagen wirklich los und mit Gerassel und Gebimmel schräg in den Himmel hinauf.
»Es geht!« rief überglücklich der Engel. »Es geht!« Und er stellte die Kurbel auf Höchstgeschwindigkeit.
In etwa tausend Meter Höhe begegneten sie einem Wölkchen. Das fragte höflich: »Darf ich mitfahren?«
»Hinten einsteigen! Nicht mit dem Wagenführer sprechen!« rief der Engel. Er hielt einen Augenblick an, die Wolke stieg ein, und weiter ging die Fahrt, schräg hinauf in den sternenreichen Himmel. Als der Wagen sich den ersten Sternen näherte, stiegen ein Sternschnüppchen und ein besonders kleiner Planet zu.
»Bitte, in den Gang durchtreten!« rief der Engel, als an der Ecke Milchstraße-Oriondenkmal auch noch ein Komet von der kleineren Sorte zustieg.
Wölkchen und Sterne taten gehorsam, was der Engel befahl, und unterhielten sich darüber, daß es endlich an der Zeit sei, feste Straßenbahnlinien im Himmel einzuführen.
Aber während dieser Unterhaltung geschah das Unglück: Der Mond, von ein paar herumtobenden Sternschnuppenbengeln abgelenkt, war einen Augenblick lang unachtsam, die Schienen verrutschten, der Straßenbahnwagen kippte zur Seite, die Sterne und das Wölkchen schrien auf, und durch die blaue

Nacht fiel und fiel, kopfüber, kopfunter, die Straßenbahn hinunter Richtung Erde, daß ihr Hören und Sehen verging.
Als sie endlich wieder halbwegs wahrnahm, was um sie herum vorging, trat Schaffner Bommelmann gerade auf den Hebel für das Läutwerk, und die kleine Straßenbahn fuhr auf ganz gewöhnlichen Schienen ihre gewöhnliche Strecke durch die Münzinger Straße.
Aha, dachte die kleine Straßenbahn. Ich habe also alles nur geträumt. Aber dann sah sie vor einem Schaufenster den Engel stehen. Zwar war er ohne Flügel, und er hatte eine Skihose und einen Lodenmantel an, aber ganz unverkennbar war's der Engel. Und im Schaufenster, vor dem der Engel stand, waren auch das Wölkchen, das Sternschnüppchen, der besonders kleine Planet und der Komet von der winzigen Sorte zu sehen.
Also war es doch kein Traum, sondern Wirklichkeit, und wir sind alle heil unten angekommen, dachte die Straßenbahn. Und nicht einmal das Rädchen habe ich mir gebrochen. Welch ein Wunder!
Dann bimmelte die kleine Straßenbahn so lustig wie selten und dachte dabei: Bei Nacht, bimmelimm, fallen Engel und Sterne vom Himmel, bimmelimm. Ich weiß das ganz genau, bimmelimm. Denn letzte Nacht, bimmelimm, war ich dabei.
Der alte Mond, als er das hörte, fühlte gerade ein

paar Astronauten auf seiner Kruste herumkrabbeln und dachte: Ach ja, das waren noch Zeiten, als man von der Erde aus nur in den Träumen zu mir gereist ist. Dann seufzte er tief auf und spürte wieder, daß ihn die Astronauten juckten.

Das verzauberte Dorf

Eine Geschichte in Reimen

Es liegt ein Dorf im Norden,
Das nennt sich Westerloh.
Dort waren einst die Leute
Des Lebens nicht mehr froh.

Der Bürgermeister stöhnte,
Es stöhnte Metzger Frey,
Es stöhnte selbst der Pfarrer
In seiner Sakristei.

Warum die Leute stöhnten
Und was sie so gequält,
Das hat der Dorfschulmeister
Mir haargenau erzählt.

Einst saßen hier die Bauern
Im Wirtshaus voll Verdruß

Und klagten, daß ein jeder
Sich schrecklich plagen muß.

Sie jammerten im Chore:
»Wir schuften spät und früh.
Ach, hätten wir's so einfach
Als wie das liebe Vieh.«

Doch just, als sie so klagten,
Erscholl durch Nacht und Sturm
In zwölf gewaltgen Schlägen
Die Mitternacht vom Turm.

Weil nun die zwölfte Stunde
Als Geisterstunde gilt,
So wurde leider, leider
Der Bauernwunsch erfüllt.

Seit dieser unglückselgen
Verhängnisvollen Nacht
Hat nun die Menschenarbeit
Das liebe Vieh gemacht.

Die Pferde pflanzten Rüben,
Die Katze molk die Küh;
Und, ach, die Menschen mußten
Nun schuften wie das Vieh:

Den Pflug zog nun der Bauer,
Der Ochs ging hinterdrein,

Die Bäurin putzte Ferkel,
Es bügelte das Schwein.

Nun brütete die Stallmagd
Die Hühnereier aus;
Und Hühner, Hahn und Gänse
Spazierten durch das Haus.

Der Großknecht schleppte stöhnend
Zur Mühle manchen Sack.
Der Schimmel goß die Blumen
Und kaute Kautabak.

Nun wusch der Hecht die Wäsche
Im Teiche nebenan.
I-Ah, der Esel, schirrte
Den Sohn des Bauern an.

Er nahm ins Maul die Zügel,
Sprang auf den Kutschersitz
Und rief, die Peitsche schwingend:
»Nun, Bauernsöhnlein, flitz!«

Die armen Westerloher,
Die jammerten im Chor:
»Ach, wär es doch wie früher!
Ach, wär es wie zuvor!«

Der Bürgermeister stöhnte
Des Nachts um zwölf im Bett:

»Ach, wär es wie vorzeiten
So einfach und so nett!«

Weil nun die zwölfte Stunde
Als Geisterstunde gilt,
Drum war im Handumdrehen
Der Wunsch auch schon erfüllt.

Zwar lagen alle Leute
Noch schlafend auf dem Ohr;
Jedoch seit dieser Stunde
Ist alles wie zuvor:

Der Knecht muß wieder zügeln,
Der Schimmel wieder ziehn,
Die Bäurin wieder bügeln,
Der Hahn muß kikrikien.

Da lacht der Bürgermeister,
Es lacht der Metzger Frey,
Es lacht sogar der Pfarrer
In seiner Sakristei.

Ja, alle Westerloher,
Die freun sich ungemein
Und wolln in Zukunft gerne
Als Menschen fleißig sein.

Igelsachen

In der Heide lebte ein alter Igel namens Spitzig. Er war gutmütig, liebenswürdig und bescheiden, sorgte brav für seine Familie und aß nur wenig, was für einen Igel recht bemerkenswert ist. Kurz und gut, er wäre das Musterstück eines biederen Igelpapas gewesen, wenn er nicht einen Fehler gehabt hätte: seine grenzenlose Neugierde. Diese Neugierde plagte ihn Tag und Nacht. Er wollte wissen, wie es der Frau des Hasen Sandmann ging, die von einer Kugel in die rechte Vorderpfote getroffen war, oder welcher Fuchs im Dorf zwei Hühner umgebracht hatte. Er fragte alle Tiere, die ihm begegneten, nach Neuigkeiten aus. Er fragte, fragte, fragte.

An einem Ostersonntag ging Spitzig hinaus in die Heide, sich ein Frühstück zu suchen. Eine Schnecke und zwei magere Würmer hatte er bereits verzehrt. Aber einen richtigen Happen, etwas Solides, hatte er noch nicht erwischt. So puddelte er zum Hünenstein unter der uralten Kiefer, wo es meistens etwas Lohnendes gab. Und richtig: Eine fette Blindschleiche lag faul und zusammengerollt neben dem Stein in der Morgensonne.

Eigentlich ein bißchen viel für mich, dachte Spitzig. Ich habe gar keinen so großen Hunger. Aber vielleicht kann ich meiner Frau und den Kleinen den Rest mitbringen. Die essen so gern Blindschleichenpastete. Langsam schlich sich Spitzig hinter dem Stein an die Blindschleiche heran. Aber das kluge Tier hatte ihn bereits bemerkt. Trotzdem regte es sich nicht. Es hieß Sophie und kannte die Neugierde des Igels recht gut.

»Guten Morgen, Herr Spitzig«, säuselte Sophie. »Haben Sie schon gehört, daß sich die Frau des Hasen Sandmann neuerdings Lady nennen läßt?«

»Pauline Sandmann läßt sich Lady nennen?« rief Spitzig verwundert. »Das ist ja hochinteressant, Fräulein Sophie.«

»Jawohl«, erwiderte Sophie. »Wissen Sie, Spitzig, die Sache war so: Bei der letzten Jagd, die die Menschen hier veranstalteten, war auch eine vornehme Dame aus England dabei. Gut geschossen hat sie nicht. Aber gut ausgesehen hat sie. Diese Lady jedenfalls hat der bedauernswerten Pauline Sandmann eine Kugel in die rechte Vorderpfote gejagt. Seitdem hat Pauline einen Tick.«

»Nein, wie interessant!« schrie der Igel begeistert. »Was hat sie denn für einen Tick?«

»Sie erzählt jetzt überall, sie hätte eine englische Lady-Kugel in der Pfote, und sie will in Zukunft Lady Sandmann genannt werden. Sie sagt auch nicht mehr ja, sondern yes. Das ist englisch.«

»Sie sagt yes?« lachte der Igel. »Zu komisch!« Spitzig war durch diese Neuigkeit in äußerst gute Laune gekommen. »Sagen Sie mal, Fräulein Sophie«, fragte er, »was sagt denn Sandmann, ihr Gatte, dazu?« Aber statt ihm eine Antwort zu geben, sauste die Blindschleiche plötzlich raschelnd auf dem Bauch davon. Erstaunt schüttelte der Igel den Kopf und drehte sich um, weil er heimgehen wollte. Aber da stand direkt hinter ihm seine Frau mit wütendem Gesicht.

»Nun mein lieber Spitzig«, fragte die Igelfrau boshaft, »wolltest du dir nicht etwas Solides zum Ostersonntagfrühstück suchen, wie? Wolltest du dir nicht eine saftige Blindschleiche schnappen, wie?«

»Liebste, beste Frau«, sagte der Igel betreten, »ich bin schon satt. Und ich habe mich mit der Blindschleiche Sophie nur deshalb unterhalten, weil . . .«

»Halt den Igelmund!« unterbrach ihn Frau Spitzig wütend. »Ob du hungrig oder satt warst, interessiert mich nicht! Wenn ein Igel eine Blindschleiche sieht, dann hat er sie zu packen! Wenn er sie selbst nicht essen kann, dann hat er sie für seine Familie zu schnappen, verstanden?«

»Aber liebste, beste Frau«, stotterte der Igel, »die Blindschleiche Sophie ist ein nettes gebildetes Fräulein. Ich brachte es einfach nicht übers Herz, sie zu fressen.«

»Aber deine armen Kinder verhungern zu lassen, das bringst du fertig, wie? O ich kenne dich, du Halunke!« schrie sie zornig. Dann brüllte sie: »Fridolin, Paulinchen! Stellt euch hinter mich in eine Reihe!

Wir müssen heim. Euer Vater ist krank im Kopf. Er bekommt einen Strohverband mit eingeweichten Rhabarberblättern. Er muß sofort ins Bett.«
»Aber liebste, beste Frau«, bemerkte Spitzig leise, »du kannst mich doch nicht einfach ins Bett stecken, wenn ich vollkommen gesund bin.«
»Schweig!« donnerte sie. »Du bist krank! Basta! Fridolin, Paulinchen! Los!«
Drei Tage lang machte Frau Spitzig ihrem stöhnenden Mann Umschläge. »Ich will dich lehren, Blindschleichen ungefressen entkommen zu lassen!« rief sie immer wieder. Und – klatsch – hatte Spitzig einen nassen Umschlag auf dem Kopf, daß sein Schädel nur so dröhnte.
Vom zweiten Tag an antwortete der Igel seiner Frau nicht mehr. Laß sie nur schimpfen, dachte er bei sich. Wenn ich der Blindschleiche Sophie einmal wieder begegne, werde ich doch wieder mit ihr reden. So ein kluges Geschöpf zum Plaudern findet man nicht alle Tage. Was die alles weiß, das ist wirklich erstaunlich. Ja, ganz gewiß werde ich wieder mit ihr reden. Ich habe doch keine Angst vor meiner Frau! Das wäre ja noch schöner! Ich bin schließlich kein Pantoffelheld!
Bei diesem beruhigenden Gedanken schloß Spitzig die Augen und hielt trotz des nassen Umschlages einen gesunden Mittagsschlaf.

Der Kopfstand der Giraffe

Hört her, rief ein Affe,
Hört her, was geschehn:
Heut will die Giraffe
Auf dem Kopf, rief der Affe,
Auf dem Kopf, auf dem Kopf will sie stehn!

Wieso, lieber Affe?
Wie kann das geschehn?
Es kann die Giraffe
Auf dem Kopf, lieber Affe,
Auf dem Kopf, auf dem Kopf doch nicht stehn!

Gewiß, rief der Affe,
Das kann nicht geschehn.
Wie soll die Giraffe
Auf dem Kopf, rief der Affe,
Auf dem Kopf, auf dem Kopfe denn stehn?

Dann sag uns, Herr Affe,
Was soll dein Getön,
Daß heut die Giraffe
Auf dem Kopf, lieber Affe,
Auf dem Kopf, auf dem Kopf würde stehn?

Ja nun, sagt der Affe,
Ich würd's gern mal sehn,
Wenn eine Giraffe

Auf dem Kopf, sagt der Affe,
Auf dem Kopf, auf dem Kopf würde stehn!

Ach, wann wird ein Affe
Wohl endlich verstehn,
Daß keine Giraffe,
Auch nicht eine Giraffe,
Auf dem Kopf, auf dem Kopfe wird stehn?

Das artigste und das unartigste Mädchen der Welt

Jedermann kennt die so beliebte »Weltreise auf der Kuh« des berühmten englischen Forschungsreisenden Sir Angus Slowlyman. Ich aber kenne ein Begebnis dieser Weltreise, das nicht in jenem Buche steht und doch dazugehört, denn Sir Angus hat es mir selbst erzählt, als ich ihm auf einem Londoner Wohltätigkeitsball zugunsten fahrbehinderter Taxichauffeure vorgestellt worden war.
Auf diesem Ball, der wie die meisten Bälle dieser Art ziemlich langweilig war, zog Sir Angus mich in einen kleinen Nebensalon und sagte auf seine etwas feierliche und umständliche Art zu reden: »Sir! Sie schreiben, wie ich hörte, Kinderbücher. Das ist eine so schöne wie nützliche Beschäftigung, der auch ich

mich einmal zu widmen gedachte. Indessen nahmen mancherlei Geschäfte und Reisen mich so in Anspruch, daß nichts daraus geworden ist. Die Geschichte, die ich Kindern zu erzählen gedachte, ist mir aber noch lebendig in Erinnerung, denn sie ist ein Erlebnis meiner Weltreise. Nun, da Sie, Sir, mir über den Weg gelaufen kommen, bin ich bereit, Ihnen gratis und franko die Geschichte abzutreten. Kurz und gut, lassen Sie mich Ihnen erzählen, was ich erlebt habe, und verfügen Sie nach Belieben darüber.«

Dann erzählte Sir Angus mir die Geschichte, die ich hier mit seinen eigenen Worten, nur ein bißchen weniger umständlich, wiedergebe.

Einst ritt ich, erzählte Sir Angus, auf Mimi, meiner lieben Kuh, durch eine Gegend, die auf einer Tafel als »Freigehege für Menschen« angekündigt war. Ich konnte mir darunter nichts Rechtes vorstellen und war neugierig, wer und was mir hier wohl begegnen werde. Da sah ich linker Hand zwischen hohen Kiefern ein Doppelhaus stehen. Die Eingangstüren der beiden Haushälften befanden sich nebeneinander. An der linken Tür sah ich eine Schiefertafel hängen, an der rechten war ein Fetzen Packpapier mit einem Reißnagel befestigt. Neugierig ritt ich näher, stieg ab von Mimi, die ich grasen ließ, und ging auf das Haus zu. Nun konnte ich lesen, was an den Türen geschrieben stand.

Links auf der Schiefertafel stand in Schönschrift:

Hier wohnt das artigste Mädchen der Welt.
Besichtigung täglich, außer sonntags,
nach den Schularbeiten.

Rechts mußte ich die Kritzelschrift erst entziffern, ehe ich zusammenhängend lesen konnte:

Hier wohnt das unartigste Mädchen der Welt.
Störungen während der Schularbeiten erbeten.

Ich dachte: Gehen wir der Reihe nach vor, und so drückte ich zuerst auf den Klingelknopf links.
Die Tür wurde sogleich geöffnet, als ob man mich erwartet hätte. Ein blondes Mädchen von elf oder zwölf Jahren ließ mich ein.
»Sie haben Glück«, sagte das Mädchen. »Sylvia Lisa Irene hat ihre Schularbeiten bereits beendet. Die Besichtigung ist möglich. Darf ich um fünf Mark bitten?«
Ich war so perplex, daß ich ihr ohne Zögern ein ganzes englisches Pfund gab, das damals mehr als fünf Mark wert war, ohne mir herausgeben zu lassen.
Danach mußte ich mir die Schuhe ausziehen.
»Sylvia Lisa Irene achtet als das artigste Mädchen der Welt natürlich auf Sauberkeit«, wurde mir erklärt. »Sie finden dort rechts einen frischen Scheuerlappen zum Abstellen der Schuhe. Und nun folgen Sie mir, bitte.«

Das Mädchen, das ein Seifengesicht hatte, wie wir in England sagen, führte mich zuerst in eine blankpolierte Küche und erklärte: »Hier kocht Sylvia Lisa Irene nach dem Kochbuch der berühmten Henriette Davidis für sich selbst. Eine Probe ihrer Kochkunst ist dieser Salat, von dem Sie für eine Mark fünfzig ein Schälchen voll probieren dürfen.«
»Danke, danke«, sagte ich. »Ich habe gerade gegessen.«
Nun zeigte mir das Mädchen die sogenannte gute Stube, die voller Häkeldecken war. »Alle diese Dekken«, hörte ich, »hat Sylvia Lisa Irene selbst gehäkelt. Sie erhielt für ihre Handarbeiten stets die Note Eins.«
»Sehr interessant«, murmelte ich und verschluckte ein Gähnen.
Das letzte, was ich im Erdgeschoß besichtigen durfte, war eine pieksaubere Besenkammer. Dann ging es über eine gefährlich glattgebohnerte Treppe hinauf in den ersten Stock. Hier zeigte mir das Mädchen Sylvia Lisa Irenes Schlafzimmer, das aussah wie ein Schlafbüro, weil alles darin so eckig und aufgeräumt war.
Die Besichtigung des Arbeitszimmers kostete eine Mark extra. Ich bezahlte das Geld brav, weil ich hoffte, hier endlich das Wunderkind selbst zu sehen. Aber als ich eintrat, war kein Mensch im Zimmer. Ich sah nur einen Stuhl und einen Tisch und auf dem

Tisch, wohlgeordnet, ein Lineal, ein Heft, Schreibgeräte, Radiergummi und einen Stapel von Schulbüchern.

»An diesem Tische«, sagte das blonde Mädchen, »erledigt Sylvia Lisa Irene ihre Schularbeiten, die die Bewunderung aller Lehrer, von Herrn Rechenlehrer Neuner bis zu Fräulein Dr. Obertan in Staatsbürgerkunde, erregen. Hier hat sie auch jenen Aufsatz mit dem Thema ›Bravheit ist der Seele Spiegel‹ geschrieben, den Herr Oberlehrer Redlich vor der gesamten Schule als Musteraufsatz vorgelesen hat.«

»Soso«, sagte ich und fragte dann, weil ich langsam ungeduldig wurde: »Und wo ist dieses famose Mädchen?«

»Ich selbst bin Sylvia Lisa Irene«, antwortete das Mädchen ohne eine Spur von Verlegenheit. »Ich pflege das immer erst am Schluß zu sagen, weil ich Humor besitze. Bravheit, mein Herr, schließt den Humor nicht aus.« Darauf kicherte sie. Es hörte sich an wie das Tschilpen eines Spatzes durch einen Bahnhofslautsprecher.

»Wer«, fragte ich, ohne mitzukichern, »hat dich eigentlich zum artigsten Mädchen der Welt ernannt?«

»Dazu«, erklärte das Mädchen, »hat mich niemand ernennen müssen. Ich weiß, daß ich es bin. Ein Tor, wer seinen eigenen Vorzug leugnet, heißt es schon im altrömischen Buche der Weisheit. Für einen Auf-

schlag von fünfzig Pfennig sage ich Ihnen den Spruch auch lateinisch auf.«
»Danke, danke!« rief ich. »Latein war noch nie meine Stärke. Ich möchte lieber gehen. Es war sehr interessant.«
»Ob man Latein kann«, bemerkte das Mädchen streng, »hängt davon ab, ob man als Kind brav und artig gewesen ist. Sie, mein Herr, waren gewiß nicht immer artig.«
»Nein«, sagte ich, während wir die Treppe hinunterstiegen. »Als ich ein Kind war, hatte ich zum Artigsein gar keine Zeit. Ich war ja dauernd damit beschäftigt, artige kleine Mädchen zu verhauen.«
Hierauf entgegnete das Mädchen nichts. Es öffnete mir die Tür und sagte kühl: »Die Besichtigung ist beendet. Falls Sie die Absicht haben, das unartige Mädchen im Nebenhause zu besichtigen, rate ich Ihnen davon ab. Es ist zu aufregend.«
»Ich sehne mich geradezu nach Aufregung«, antwortete ich. Da fiel die Tür hinter mir zu, und ich ging zum Nebenhaus und drückte auf den Klingelknopf an der Tür.
Zunächst regte sich nichts. Dann hörte ich, wie sich im ersten Stock ein Fenster öffnete, und sah, aufblikkend, zwei Mädchenbeine sich heraushangeln.
Den Beinen folgte das dazugehörige Mädchen. Es rief: »Fangen Sie mich auf.« Und ließ sich im gleichen Augenblick fallen. Mit knapper Not gelang es

mir gerade noch, es aufzufangen.
»Haben Sie aber Glück gehabt«, pustete das Mädchen, als ich es auf die Beine gestellt hatte.
»Wieso?« fragte ich.
»Na, stellen Sie sich doch mal vor, ich wäre auf den Boden geplumpst. Was hätten Sie dann für Scherereien mit mir gehabt: Telefonieren, Krankenwagen holen, Arzt alarmieren, Schwestern erklären, was passiert ist...«
»Hör auf, hör auf!« rief ich. »Deine Phantasie geht mit dir durch. Warum bist du überhaupt aus dem Fenster gesprungen?«
»Weil die Tür von innen verschlossen ist«, antwortete das Kind. »Jetzt müssen wir überlegen, wie wir in das Haus kommen. Ist das nicht eine interessante Aufgabe?«
»Sehr interessant«, gab ich zu. »Vielleicht können wir von dem Kind nebenan eine Leiter leihen.«
»Die verleiht nie etwas«, sagte das unartigste Mädchen der Welt. »Wir müssen uns etwas anderes ausdenken.«
»Also gut, überlegen wir«, sagte ich und sah mir dabei zum erstenmal das Mädchen genauer und in Ruhe an. Es hatte einen schwarzen Wuschelkopf und große blaue Augen mit schwarzen Wimpern. Die Oberlippe war etwas aufgeworfen, die Nase ein Stöpsel.
»Ob man vielleicht«, fragte das Mädchen, »an der

Wand hochklettern kann? Einige Ziegelsteine stehen etwas vor, und der Putz ist ja zum Glück abgebrökkelt.«
Ich sah mir die Wand an und sagte: »Ausgeschlossen. Daran kann niemand in die Höhe klettern. Nicht einmal der berühmte Klettermaxe.«
»Schade«, sagte das Mädchen.
»Schade, aber nicht zu ändern, Kind. Wie heißt du eigentlich?«
»Graziella.«
»Und wer hat dich zum unartigsten Kind der Welt ernannt?«
»Das Mädchen von nebenan. Sie kann übrigens manchmal sehr nett sein. Einmal hat sie mir sogar bei den Schularbeiten geholfen. Für nur eine einzige Tafel Schokolade.«
»Wie großzügig«, sagte ich. Dann ging ich um das Haus herum, um herauszufinden, ob man von hinten irgendwie hineinkommen könnte. Aber Graziella rief mich zurück: »Von hinten hineingehen gilt nicht«, sagte sie. »Durch eine offene Hintertür kommt ja jeder hinein. Das ist kein Kunststück.«
»Ist denn die Hintertür offen, Graziella?«
»Natürlich. Ich muß doch einen Noteingang haben, falls uns sonst nichts einfällt.«
Ich gab es auf, mich zu wundern, kehrte zum Vorderhaus zurück und begann hier so gewaltig zu lachen, daß Graziella mitlachte, anscheinend ohne zu

wissen, warum.
Da öffnete sich sogleich ein Fenster des Nebenhauses, und Sylvia Lisa Irene rief: »Ruhe! Hier wird gearbeitet!«
Unser Lachen verstummte, und Graziella machte eine Art Hofknicks. Dabei flötete sie: »Wir bitten Hoheit vielmals um Entschuldigung.«
Das Fenster knallte wieder zu, und Graziella und ich lachten weiter. Dann aber tauchte erneut die Frage auf, wie wir ins Haus hineinkämen, ohne die Hintertür zu benutzen.
»Irgendwie springen müßte man«, sagte Graziella, nachdem sie angestrengt nachgedacht hatte. In diesem Augenblick entdeckte sie Mimi. »Eine Kuh!« rief sie und klatschte vor Freude über ihre Entdekkung in die Hände. »Eine Kuh!«
»Es ist meine Kuh«, sagte ich. »Sie heißt Mimi, und ich reite auf ihr durch die Welt.«
»Ach«, sagte Graziella und legte den Kopf schief. »Sie reiten also auf einer Kuh? Dann sind Sie bestimmt nicht der artigste Reiter der Welt. Hab ich recht?«
»Bestimmt bin ich's nicht.«
»Sind Sie vielleicht der unartigste?« fragte sie hoffnungsvoll.
»Ich weiß nicht, Kind, vielleicht.«
»Ganz bestimmt sind Sie es. Artige Reiter reiten nicht auf Kühen. Kann Ihre Kuh übrigens springen?«
»So unwahrscheinlich es auch klingt, Graziella: Sie

kann's.«

»Wunderbar!« rief das Mädchen. »Dann kommen wir ins Haus.« Sie lief zu Mimi, nahm ihr meine Reisebeutel von den Hörnern, die sie ins Gras plumpsen ließ, und bestieg meine Kuh, die mit Kindern immer viel Geduld hat.

Nun lenkte Graziella Mimi vor die Tür des artigsten Mädchens der Welt (das übrigens mit aufgerissenen Augen aus dem Fenster zusah), ließ Mimi an der Hauswand entlanggaloppieren, sagte unterhalb des geöffneten Fensters im ersten Stock ihres Hauses »hopp«, und als Mimi einen wirklich fabelhaften Sprung machte, stieß das Mädchen sich vom Kuhrücken ab, bekam das Fensterkreuz tatsächlich zu fassen und hangelte sich unter seltsamen Verrenkungen hinauf und hinein ins Haus.

Ich meinte, Graziella werde jetzt die Haustür für mich öffnen; doch das war ein Irrtum: Das Mädchen erschien wieder im Fenster und rief mir zu: »Geschafft, Herr Reiter. Ihre Mimi ist ein Teufelsbraten. Kommen Sie doch hintenherum ins Haus. Die Vordertür ist nämlich abgeschlossen.«

Ich gab es auf, ihre krausen Gedanken zu begreifen, ging um das Haus herum und betrat es durch die Hintertür.

Graziella kam mir entgegen und sagte: »Entschuldigen Sie, daß es hier so aufgeräumt ist. Manchmal habe ich den Ordnungsfimmel.«

Wirklich war die Küche, in die ich eingetreten war, aufgeräumt, aber auf kuriose Weise: in der einen Ecke waren lauter schmutzige Töpfe aufeinandergetürmt, in der zweiten schmutziges Geschirr, in der dritten leere Konservendosen und in der vierten nur Lebensmittel. Zuunterst sah ich eine Schicht von Halbpfundpackungen Butter, darüber eine Schicht Suppengrün, dann eine Lage Hartwurst, und obendrauf waren Berliner Pfannkuchen, Gurken, saure Heringe, Brotschnitten und zwei runde Käse gepackt. Die Butter unten am Boden begann schon zu schmelzen. Als ich Graziella darauf aufmerksam machte, sagte sie: »Ich könnte die Butter ja in den Eisschrank legen. Aber dann geht die ganze Ordnung flöten. Für die Ordnung muß man eben Opfer bringen. Übrigens, Herr Kuhreiter, habe ich einen Wunsch.«

»Welchen?«

»Den, der an der Tür steht: nämlich, daß Sie mich bei den Schularbeiten stören. Haben Sie das nicht gelesen?«

»Doch, doch«, sagte ich, verwirrt von dem verwirrenden Mädchen. »Ich habe es entziffert.«

»Dann kommen Sie mit nach oben!« rief Graziella und sprang mir voran zur Treppe.

Das Haus war ebenso gebaut wie das von Sylvia Lisa Irene. Auch das Arbeitszimmer war an der gleichen Stelle. Nur war die Treppe in Graziellas Haus leider so voll Bücher gepackt, daß der Gang nach oben zu einem bergsteigerischen Unternehmen wurde. Trotzdem gelang es uns beiden, hinaufzukommen und bis ins Arbeitszimmer vorzudringen. Hier stand ein Tisch, der mit Büchern, Heften, Schreibgeräten und Obst überladen war und an den Graziella sich sogleich setzte, wobei sie mit dem rechten Arm einen Bücherstapel zur Seite schob, um Platz beim Schreiben zu haben. Sie fing sofort zu schreiben an und sagte erklärend: »Ich schreibe einen Aufsatz mit dem Thema: Ordnung ist das halbe Leben. Bitte, stören Sie mich nicht.«

»Ein herrliches Thema«, sagte ich. »Bestimmt werde ich dich nicht stören.«

»Quatsch, Sie sollen mich ja gerade stören.«

»Aber eben sagtest du doch ...«

»Natürlich habe ich gesagt, Sie sollen mich nicht stören. Aber das gehört doch zum Spiel. In Wirklichkeit ...«

»Verstehe, Graziella. Ich werde dich also stören.«

Nun begann ich, weil ich das für eine Störung hielt, zu singen. Doch vor lauter Verwirrung sang ich das alte Lied:

»Ordnung ist das halbe Leben.
Ordnung ist der Mühe Lohn.
Würd es keine Ordnung geben,
Wär die Welt Gomorrha schon.«

Als ich die zweite Strophe beginnen wollte, rief Graziella vorwurfsvoll: »Aber Herr Kuhreiter, Sie helfen mir ja, statt mich zu stören.«
»O Verzeihung«, sagte ich.
»Macht nichts«, antwortete Graziella. »Das kleine Lied ist ein hübscher Abschluß für meinen Aufsatz. Ich schreibe es noch rasch dazu, und dann mache ich wieder die schönste Unordnung im Haus. Auf Wiedersehen.«
Immer noch verwirrt von dem Mädchen, sagte ich »auf Wiedersehen«, kletterte vorsichtig die Treppe hinunter, verließ das Haus so, wie ich es betreten hatte, durch die Hintertür, bestieg meine liebe Mimi, ritt davon und sah, als ich mich nach einigen Kuhlängen umdrehte, daß Graziella am Fenster stand und mir mit beiden Händen nachwinkte. Sylvia Lisa Irene sah ich nicht.
»Das«, sagte ich im Weiterreiten zu Mimi, meiner Kuh, »war ein aufschlußreiches Erlebnis.«
Dann ritt ich gelassen neuen Abenteuern entgegen.

Ein Junge namens Monika

Ein Junge namens Monika,
Ein Kind von vierzehn Jahren,
Das hatte einen kahlen Kopf
Mit glatten Kräuselhaaren.

Es rannte ohne Unterlaß.
Kein Schneckenkind lief schneller.
Es hatte Augen blau wie Gras
Und Ohren klein wie Teller.

Sein runder Bauch war wie ein Brett
Und hohl sein Plusterbäckchen.
Sein großer Bruder, die Babett,
Trug meterlange Söckchen.

Sein Wetterfrosch hieß Miezemaus.
Piepvogel hieß sein Hündchen.
Und seine dicke Nachbarsfrau
Wog elfeinviertel Pfündchen.

Im Unterricht war dieses Kind
So dämlich wie sonst keins;
Drum gab ihm Lehrer Lausegrind
Tagtäglich eine Eins.

Es hatte Dreck und Speck im Haar;
Denn es war äußerst reinlich.
Kurzum: Das ganze Kindchen war
Ein bißchen unwahrscheinlich.

Der Trommler und die Puppe oder Wozu ein Trommler nütze ist

Es war mal ein Trommler, der war nicht sehr schlau,
Und außerdem war er aus Holz.
Die Hose war rot, seine Jacke war blau,
Und er selber war eitel und stolz.

Er trommelte früh, und er trommelte spät.
Er hatte nur trommeln im Sinn.
Stocksteif stand er da, seine Backen gebläht,
Und mit kantigem Nußknackerkinn.

Die Puppe Helene versorgte den Herrn,
Den hölzernen stocksteifen Mann.
Sie mochte ihn leiden, sie hatte ihn gern.
Doch *er* sah die Puppe kaum an.

Frau Meier, die Maus, aus dem Haus nebenan,
Die schüttelte oft ihren Kopf
Und murmelte dann: Dieser hölzerne Mann
Ist ein eitler und unnützer Tropf.

Einst huschte die Maus zu der Puppe ins Haus
Und brachte ein Schälchen voll Grütze.
Da rief sie: Der Trommler sieht wunderbar aus.
Nur schade, der Kerl ist nichts nütze.

Doch, ach, gleich danach hat Frau Meier gespürt:
Es war nicht sehr klug, das zu sagen.
Der Trommler stand da wie vom Donner gerührt
Und vergaß, seine Trommel zu schlagen.

Am nächsten Tag mußte der Trommler ins Bett.
Helene, die freundliche Puppe,
Versorgte den Kranken sehr rührend und nett.
Doch das war dem Trommler ganz schnuppe.

Er lag auf dem Bette, tagein und tagaus,
Mit Trommel und Koppel und Mütze,
Und dachte ans Wort von Frau Meier, der Maus,
Er wäre nichts nütze, nichts nütze.

Und bin ich nichts nütze, so murmelte er,
Dann wird mich kein Mensch dazu kriegen,
Noch einmal zu trommeln. Ich trommle nicht mehr.
Ich bleibe ganz einfach hier liegen.

Helene lief schließlich ins Haus nebenan
Und sagte zur Maus: Es ist gräßlich!
Sie kränkten den Trommler. Nun kränkelt der Mann.
Er ist im Gesicht schon ganz bläßlich.

Frau Meier, die grad einen Nußkuchen buk,
Die sagte: Was sind das für Sachen?
Bestell deinem Trommler, ich fände es klug,
Sich irgendwo nützlich zu machen.

Ich habe zum Beispiel, so sagte die Maus,
Sechs Kinder, die schlafen wie Schnecken.
Ich kriege sie nicht aus den Betten heraus.
Vielleicht kann der Trommler sie wecken.

Helene rief: Welch eine gute Idee!
Das muß ich dem Trommler gleich sagen.
Bis später, Frau Meier. Ich sag's ihm. Ade.
Fort lief sie mit flatterndem Kragen.

Frau Meier, die Maus, sah ihr kopfschüttelnd nach.
Sie dachte bei Kuchenteig-Kneten:
Der trommelt die Kinder ganz sicher nicht wach.
Man braucht dazu hundert Trompeten.

Doch plötzlich gab's Lärm und Gelächter im Haus,
Denn alle sechs Kinder erwachten
Und sprangen vors Haus auf die Straße hinaus
Und hoben die Pfoten und lachten.

Und was war geschehen? Der Trommler stand da,
Samt Trommel und Koppel und Mütze,
Er trommelte laut mit tärämm und tara,
Und jetzt war er wirklich was nütze.

Daheim war der Trommler so fröhlich wie nie.
Es blitzten die Nußknackerzähne.
Er tanzte zur Spieldosen-Tanzmelodie
Vergnügt mit der Puppe Helene.

Er fühlte sich glücklich, er fühlte sich stolz.
Er tanzte noch wilder und kecker,
Denn jetzt war er nicht mehr ein Trommler aus Holz.
Er war ein lebendiger Wecker.

Seitdem ist der Trommler ein reizender Mann,
Umgänglich und heiter und nett.
Er trommelt jetzt täglich (nicht nur dann und wann)
Die Kinder der Maus aus dem Bett.

So wurde für Trommler und Puppe und Maus
Das Leben so lustig wie nie.
Wie's weitergeht, denkt bitte selber euch aus.
Ihr habt ja genug Phantasie.

Schildkrötengeschichte

Es war der 24. Dezember, und es schneite. Gleichmütig und gleichmäßig fiel der Schnee. Er fiel auf die Fabrik für künstliche Blumen, und sein frisches Weiß gab dem häßlichen Backsteinhaus etwas beinahe Heiteres. Er fiel auf die Villa des Fabrikanten, deren eckige Fassade er mit gefälligen Rundungen versah, und er fiel auf des Werkmeisters Einfamilienhaus, aus dem er ein drolliges Zuckerhäuschen machte.

In den Hallen der Fabrik war um diese Zeit keine Menschenseele. Ein mißglücktes Veilchen aus Draht und Wachs sinnierte im Kehrichteimer vor sich hin, eine eiserne Tür zum Hof bewegte sich quietschend in den ausgeleierten Scharnieren.
In der Villa nebenan telefonierte die Gnädige zum viertenmal aufgeregt mit der Tierhandlung wegen der bestellten Schildkröte.
Im Einfamilienhaus schrieb das jüngste der elf Kinder, die kleine Sabine, zum viertenmal ihren Wunschzettel: »Lihber Weihnachtsman ich möchte, eine schildkröte hahben deine Sabine.«
Die Gnädige erwartete die Schildkröte zur Suppe. Sabine erwartete sie als Spielgefährtin. Und der Zufall in Gestalt eines Botenjungen sprach die Schildkröte derjenigen zu, die sie verdiente.
Hier muß endlich bemerkt werden, daß die Villa und das Einfamilienhaus eine Kleinigkeit gemeinsam hatten: Das Namensschild an der Tür. Auf beiden Schildern las man »Karl Moosmann«. Zwar las man bei dem Fabrikanten einen Buchstaben mehr, nämlich »Karl F. Moosmann«. Aber für derlei feine Unterschiede haben Zufälle und Botenjungen kein Auge.
So kam es, daß die Schildkröte nicht in die Villa, sondern in das Einfamilienhaus gebracht wurde, wo man sie freudig und arglos in Empfang nahm.
Vater Moosmann glaubte weder an Engel, die als

Botenjungen verkleidet kommen, noch an die Gaben guter Feen. Aber er glaubte daran, daß die kleinen Wünsche kleiner Kinder manchmal erfüllt werden, ohne daß man erklären kann, wie. Deshalb freute er sich, als der Zufall seinen Glauben bestätigte.
Sabine erhielt das unerwartete Geschenk schon vor der Bescherung. Die erste Begegnung mit dem Tier verlief für beide Teile etwas unglücklich. Die Schildkröte unterschied sich von der geliebten Bilderbuchschildkröte nämlich dadurch, daß sie zappelte, wenn man sie aufhob, und daß sie bei ungeschickter Berührung sogar fauchte. Das irritierte Sabine so heftig, daß sie das Tier fallen ließ. Zum Glück fiel es nicht tief. Sabine maß noch keinen Meter.
Das Mädchen konnte vor Schreck nur »plumps« sagen. Doch dann hob sie das Tier trotz der strampelnden Beine wieder auf, streichelte den hell- und dunkelbraun geschuppten Panzer und sagte: »Armer Plumps!« Und damit war das Tier getauft. Aus einer beliebigen Schildkröte war sie zu einer bekannten geworden, zur Schildkröte Plumps Moosmann.
Indessen telefonierte die Gnädige, die Frau Moosmann aus der Villa, zum fünftenmal mit der Tierhandlung, und ihre Stimme kippte zuweilen ein bißchen über: ». . . ist doch großer Unfug. Wie kann sie hier sein, wenn niemand sie gebracht hat? . . . Bitte? . . . Nein, Schildkrötensuppe! . . . Was sagten Sie? . . . Die letzte? Das wird ja immer heiterer! Ich habe sie

doch zeitig genug bestellt! ... Ist denn der Bote noch nicht zurück? ... Wie? ... Also dann rufe ich in einer halben Stunde noch einmal an. Adieu!«
Der Hörer fiel scheppernd in die Gabel und die Gnädige in einen Sessel. Erst jetzt bemerkte sie, daß ihr Sohn Alexander in der Tür stand.
»Bekomme ich auch eine Schildkröte zu Weihnachten, Mama?«
»Die Schildkröte ist für die Suppe, Alex! Vater wünscht sich eine echte Mockturtlesuppe zum Fest.«
Alexander zog eine Schnute, die ihm reizend stand, und wollte abziehen. Aber er besann sich anders, drehte sich noch einmal um und äußerte betont beiläufig: »Sabines Schildkröte heißt Plumps. Sie wird nicht zu Mucketurtelsuppe verarbeitet.«
Dann wollte er endgültig gehen. Aber diesmal hielt die Mutter ihn zurück.
»Was ist das für eine Schildkröte, von der du sprichst, Alex?«
»Sabine hat heute nachmittag eine Schildkröte zu Weihnachten bekommen. Sie weiß nicht, von wem. Sie heißt Plumps.«
»Heute nachmittag, sagst du? Warte, bitte!«
Zum sechstenmal an diesem Nachmittag telefonierte Frau Moosmann, die von der Frau Moosmann nebenan die Gnädige genannt wird, mit der Tierhandlung. Der Bote war gerade zurückgekommen und berichtete, daß er das Tier bei Karl Moosmann abge-

liefert habe.
Damit war die Sache klar: Sabine hatte versehentlich die Schildkröte bekommen, die in die Villa bestellt war. Also wurde Alexander ins Nachbarhaus geschickt, um den Irrtum aufzuklären und die Schildkröte herüberzuholen.
Die Moosmannkinder nebenan waren allesamt rothaarig. Das Rot ihrer Schöpfe reichte vom blassen Gold bis fast zum Zinnober. Sie waren gerade dabei, sich für die Bescherung umzuziehen, als Alexander herübergestürmt kam. So traf der Bub nur Mieze, die Älteste, die in der Küche stand und kochte. Die kleine Sabine bemerkte er nicht; denn sie hockte mit ihrer Schildkröte hinter der halboffenen Küchentür.
»Du, Mieze, es ist unsere Schildkröte!« schrie er ohne jede Einleitung. »Wir brauchen sie für die Mucketurtelsuppe. Der Bote hat sie aus Versehen zu euch gebracht!«
»Mockturtlesuppe kocht man aus Kalbsköpfen und nicht aus Schildkröten«, bemerkte Mieze, denn sie besuchte eine Kochschule.
»Trotzdem ist es unsere Schildkröte. Wo ist sie?«
Mieze zuckte mit den Schultern und schielte unauffällig zur Küchentür. Aber weder Sabinchen noch die Schildkröte waren zu sehen. Sie gab Alexander den Rat, im ersten Stock nachzuforschen.
Im Mädchenzimmer des ersten Stocks fingen vier Moosmannmädchen bei Alexanders Eintritt zu krei-

schen an. Sie probierten gerade drei gewaltige Petticoats. Das belustigte Alexander. Aber die Schildkröte fand er hier nicht.
Im Jungenschlafzimmer spielte er mit drei Moosmannbuben Domino. Das war aufregend. Aber die Schildkröte hatte er noch immer nicht.
Auf der Treppe lief er dem alten Moosmann in den Weg, der schon von der Verwechslung gehört hatte und die Stirn krauste. »Wenn die Schildkröte euch gehört, muß Sabine sie zurückgeben«, meinte er. »Es gibt ja noch mehr Schildkröten auf der Welt. Sag deiner Mutter, wir bringen das Tier, sobald wir Sabine gefunden haben.«
Alexander raste mit dieser Nachricht in die Villa zurück, und zehn Moosmannkinder suchten Sabine mit ihrer Schildkröte.
Eine Stunde später suchte man das Schwesterchen immer noch. Schließlich wurde Mieze in die Fabrikantenvilla geschickt, um nachzuforschen, ob Sabine vielleicht schon dort sei. Aber auch dort war das Mädchen nicht.
Erst jetzt begriff Mieze, was geschehen war: Sabine hatte die Unterhaltung in der Küche belauscht und sich mit ihrer Schildkröte irgendwo versteckt, um das Tier behalten zu können. Aber wo steckt das Kind?
Mieze erzählte der Gnädigen von ihrer Vermutung und fügte hinzu: »Echte Mockturtlesuppe wird übrigens aus Kalbskopf hergestellt, obwohl man sie

fälschlich auch Schildkrötensuppe nennt.«
»Sind Sie ganz sicher?« fragte die Gnädige.
»Ganz sicher«, antwortete Mieze. »Ich besuche einen Kochkurs. Außerdem können Sie es in jedem Lexikon nachlesen.«
»Danke für die Belehrung, mein Kind«, erwiderte die Gnädige. »Unter diesen Umständen erlaube ich Sabine, die Schildkröte zu behalten.«
»Vorausgesetzt, wir finden Sabine«, sagte Mieze und verließ die Villa.
Draußen schneite es noch immer. Es dunkelte schon, und die Stunde der Bescherung rückte näher. Aber im Haus der Moosmannkinder zeigte sich keine Sabine.
Hin und wieder kam Alexander von der Villa herüber und fragte, ob das Mädchen gefunden sei. Aber er kehrte jedesmal ergebnislos zu seiner Mama zurück.
Gegen halb fünf zog die Gnädige ihren Pelzmantel an und ging selbst ins Nachbarhaus. Obschon sie für die heillose Verwechslung nichts konnte, fühlte sie eine Art Mitschuld.
Mutter Moosmann saß als ein Häufchen Elend in der Küche. Vater Moosmann donnerte sinnlose Befehle ins Haus und scheuchte seine Kinder in die entferntesten Winkel.
In diesem Wirrwarr verwandelte sich die nervöse Aufregung der Gnädigen plötzlich in erstaunliche

Tatkraft.
»Frau Moosmann, bereiten Sie die Bescherung vor!« sagte sie in so entschiedenem Ton, daß Mutter Moosmann wirklich aufstand und sich am Küchentisch zu schaffen machte.
»Glauben Sie, wir finden Sabine?« Mutter Moosmann schluckte bei der Frage.
»Wir werden sie alle zusammen suchen«, antwortete die Gnädige. »Und ich bin sicher, wir finden sie.«
Unter Leitung der Gnädigen begann eine planmäßige Suche durch das ganze Haus, an der Vater Moosmann sich merkwürdig widerspruchslos beteiligte. Der Kloß in seiner Kehle wurde immer kleiner, als er eine Aufgabe hatte.
Aber der Kloß wuchs zur alten Größe an, als nach einer halben Stunde das Ergebnis der Suche feststand: Sabine war nicht im Haus.
Jetzt war die Gnädige nicht mehr so zuversichtlich wie zuvor. Aber sie zwang sich, es niemanden merken zu lassen.
»Sabine hat das Haus verlassen«, stellte sie mit betont sachlicher Stimme fest. »Wir müssen die ganze Nachbarschaft durchkämmen. Ich habe einen Mann, einen Sohn und zwei Dienstboten. Die werden mitsuchen. Jeder bekommt ein Revier. Ich übernehme die Fabrik.«
Zunächst wurde von der Villa aus mit der Polizei telefoniert. Aber die hatte kein Mädchen mit Schild-

kröte aufgegriffen. Immerhin wollte sie die Augen offenhalten.
Dann schwärmte man, einschließlich Fabrikant und Hausmädchen, nach einem genau durchdachten Plan unter dem wirbelnden Schnee in die Häuser und Gassen der Nachbarschaft aus.
Die Gnädige schritt entschlossen in den Hof der Fabrik und entdeckte hier eine weit offenstehende Eisentür.
Als sie durch die Tür in die Fabrik trat und das Licht einschaltete, hörte sie aus einer entfernten Ecke der riesigen Halle eine Art leises Quieken. Sie wandte den Kopf und entdeckte rechts hinten in der Ecke ein ganz in sich zusammengekrümmtes Geschöpfchen: Sabine.
»Aber Kind, was machst du denn da?« Ihre Stimme hallte kalt und fremd durch den Raum.
»Du kriegst die Schildkröte nicht!« schrie das Mädchen. »Plumps gehört mir!«
Erst jetzt bemerkte die Gnädige, daß Sabine auf dem Kehrichteimer hockte und die Schildkröte auf dem Schoß hatte.
Sie schritt quer durch die Halle auf das Mädchen zu, das noch mehr in sich zusammenkroch und ihr mit großen, ängstlichen Augen entgegensah.
»Du kannst die Schildkröte behalten, Sabine. Ich brauche sie nicht mehr.«
Das Kind umklammerte die Schildkröte. Ihre Augen

verrieten Zweifel.
Die Gnädige war verwirrt und wiederholte: »Du kannst die Schildkröte behalten!«
Als sie fast vor Sabine stand, rief das Mädchen: »Du lügst! Du willst Suppe aus ihr kochen! Aber man kann die Suppe auch aus Kalbsköpfen kochen, sagt Mieze.«
Jetzt mußte die Gnädige lachen. »Du hast recht«, gab sie zu. »Die Suppe, die ich kochen will, macht man aus Kalbskopf. Deshalb brauche ich überhaupt keine Schildkröte.«
»Schwöre, daß es meine Schildkröte ist!«
Halb befremdet, halb belustigt, legte die Gnädige eine Hand auf das Herz, hob die andere zum Schwur und versicherte feierlich: »Ich schwöre, daß die Schildkröte mit Namen Plumps der Sabine Moosmann gehört.«
»Jetzt glaube ich dir.« Das Mädchen stand auf, setzte die Schildkröte zu Boden und sagte: »Nun zeige ich dir, wie schnell Plumps laufen kann.«
»Zeig es mir später, Sabine. Wir müssen heim. Ich glaube, du hast dich erkältet. Und Plumps muß auch in die Wärme zurück. Die meisten Schildkröten halten nämlich um diese Zeit ihren Winterschlaf.«
»Weiß ich«, sagte Sabine mit Kennermiene. »Ich muß eine Kiste mit Torf für Plumps besorgen.«
Plötzlich begann die Schildkröte heftig mit den Beinen zu strampeln, und Sabine fing an zu niesen. Da

ergriff die Gnädige entschlossen die freie Hand des Mädchens und ging mit ihr durch den fallenden Schnee hinüber zum Haus der Moosmannkinder.
Unterwegs meinte Sabine: »Wenn du keine Suppe aus Schildkröten kochst, könntest du dir eigentlich eine Schildkröte zum Spielen anschaffen.«
»Geht nicht, Sabine. Plumps war die letzte Schildkröte in der Tierhandlung. Die anderen liegen im Winterschlaf.«
Das kleine Mädchen blieb plötzlich stehen, zögerte einen kurzen Augenblick, blickte die Schildkröte an, die sich unter ihren Panzer verkrochen hatte, und legte sie sanft der Gnädigen in den Arm. »Ich schenk sie dir zu Weihnachten. Es gibt ja noch andere Schildkröten. Ich bestell mir eine im Frühjahr.«
Die Gnädige sah verwirrt auf die Schildkröte, die auf dem weichen Pelz des Mantels vorsichtig den Kopf vorstreckte.
»Es gefällt ihr bei dir«, sagte Sabine.
»Trotzdem glaube ich, daß du mehr Zeit für die Schildkröte hast als ich. Sabine. Ich gebe dir das Geschenk zurück.«
Wieder wechselte das verschüchterte Tier den Besitzer.
Sabine strahlte. »Du hast recht«, meinte sie. »Ich kann mich mehr um Plumps kümmern als du. Außerdem ist sie ja schon an mich gewöhnt. Du bist viel netter, als ich dachte. Vielen, vielen Dank und

fröhliche Weihnachten.«
Die Gnädige schluckte ein bißchen und sagte: »Fröhliche Weihnachten, Sabine!«
Dann wanderten sie Hand in Hand weiter und wurden bald von den Flocken verdeckt, die gleichmäßig und gleichmütig auf Gerechte wie auf Ungerechte fielen.

Kätchen

Eine Geschichte in Reimen

Kätchen
Ist ein kleines Mädchen,
Etwas dumm und etwas schlau.
Kätchen
Sieht in ihrem Städtchen
Jeden Tag die Werbeschau.

Kätchen, der die Schau gefällt,
Sagt:
Jaja, so ist die Welt.

Kätchen
Sagt zum Urgroßvater,
Ihrem Freunde und Berater:
Bin ich groß, leb ich als Frau
So wie in der Werbeschau.

Freundlich fragt der alte Mann:
Sag, mein Kind, wie lebst du dann?

Kätchen
Denkt: Was werd ich tun?
Und dann sagt sie: Jeden Morgen
Werd ich mir ein Ei besorgen,
Aber vom
BEGLÜCKTEN HUHN.

Freundlich sagt der Urgroßvater,
Kätchens Freund und auch Berater:

Kätchen, ach, es gibt kein Glück
In der Hühnerei-Fabrik,
Weil das Hühnchen ohne Freiheit
In der grauen Einerleiheit
Eingesperrt nur unentwegt
Eier, Eier, Eier legt.

Aber, Kätchen, sag mir doch
Was tust du denn später noch?

Kätchen
Sagt auf diese Frage:
Jeden Morgen kauf ich ein.
Und die Kleider, die ich trage,
Sind natürlich superrein.

Denn ich wasch sie ja zuvor
Blütenzart mit
BLÜTAFLOR!

Freundlich sagt der Urgroßvater,
Kätchens Freund und auch Berater:

Kätchen, Kätchen, weiße Blüten
Blühn und duften hübsch am Baum.
Doch das Pulver aus den Tüten
Ist nicht mehr als Seifenschaum.

Aber, Kätchen, sag mir doch,
Was tust du denn später noch?

Kätchen
Sagt: Ich werde rauchen.
Rauchen ist so elegant.
Weißt du, so in Rauch eintauchen
Und den Duft der Welt aushauchen,
Das tut jedes feine Frauchen
Mit der Marke
SÜDERLAND!

Freundlich sagt der Urgroßvater,
Kätchens Freund und auch Berater:

Kätchen, Düfte dieser Erde,
Der Ozon im Sturmgefauch,
Hauch der Blumen, Ruch der Pferde

Oder einer Rinderherde,
Stecken nicht im Tabakrauch.

Aber, Kätchen, sag mir doch,
Was tust du denn später noch?

Kätchen
Sagt: Bei mir kommt immer
Alles blitzend auf den Tisch.
Denn Geschirr mit Hochglanzschimmer
Wirkt so appetitlich frisch.
Was macht guten Appetit?
Abwaschmittel
PIPIRIT!

Freundlich sagt der Urgroßvater,
Kätchens Freund und auch Berater:

Kätchen, Kätchen, was dir schmeckt
Und dir Appetit erregt,
Sind Melonen und Tomaten,
Leberwurst und Gänsebraten,
Erdbeerkuchen, Puddingkrem
Und so manches außerdem.
Doch wenn du im weißen Kittel
Abwasch machst, bedenke schlicht:
Spülen tut ein Abwaschmittel,
Aber schmecken tut es nicht.

Aber, Kätchen, sag mir doch,
Was tust du denn später noch?

Kätchen
Sagt: Ich will auf Draht sein,
Vollenergisch, lebensfroh.
Ich will niemals krank und fad sein.
Ich will fit sein und oho.
Alle Menschen sind auf Draht
Durch die Pille
VITAMAT!

Freundlich sagt der Urgroßvater,
Kätchens Freund und auch Berater:

Kätchen, ist man froh und heiter,
Ist man meistens auch gesund.
Und die Pillen und so weiter
Nimmt man doch nicht ohne Grund.
Und *ich* find es gar nicht fein,
Immerzu auf Draht zu sein.

Ha, da ruft das kleine Mädchen,
Kätchen,
Das in ihrem Städtchen
Gerne sieht die Werbeschau:
Sollen denn die feinen Sachen,
Die so schön Reklame machen,
Mir nicht nützlich sein als Frau?

Freundlich sagt der Urgroßvater,
Kätchens Freund und auch Berater:

Kaufe, wenn du willst, in Bündeln
Blütaflor und Pipirit.
Aber laß dich nicht beschwindeln:

Pulver macht nicht Appetit.

Käfighühner sind nicht glücklich.

Tabakrauch ist nicht die Welt.

Pillen nimmt man nur, wenn's schicklich.

Seifenpulver, wenn auch nützlich,
Ist noch lang kein Blütenfeld.

Nun beschau, gewitzt und schlau,
Dir die nächste Werbeschau.

BLÜTAFLOR UND PIPIRIT
WÜNSCHEN GUTEN APPETIT!

Wüstenweihnachten

Es war am Rande der Sahara am 24. Dezember. Ich wohnte bei einer spanischen Familie, die einen kleinen Mittagstisch für Senegalesen, Spanier und Franzosen betrieb. Der Tag war heiß gewesen; aber am Abend wurde es, wie üblich, kühl, und ein Wind kam auf. Die Mauren, die vor den Nachbarhäusern im Sande saßen, hatten ihre baumwollenen blauen Haiks mit den weißen aus Schafwolle vertauscht. Der lange kahle Nubier – ebenfalls im wehenden weißen Haik – holte am Strick geduldig Eimer um Eimer aus der Tiefe des Wasserlochs herauf und füllte die tönernen Krüge, die ihm die maurischen Kinder hinhielten.

In Europa, dachte ich, wo jetzt die Tage kurz und die Nächte lang sind und wo man in geheizten Häusern wohnt, feiern sie heute Weihnachten. Das ist ein schönes Fest für kalte Länder mit langen Nächten. Hier, wo das Licht über dem Sand in der Hitze flimmert und wo es abends den Horizont rosa und lila färbt, hier, wo es keinen Winter gibt, braucht man kein Weihnachtsfest. Auch die Spanier, dachte ich, werden das Fest nicht feiern, da ja ihr Gabentag das Fest der Heiligen Drei Könige ist. Und die beiden senegalesischen Kellner, überlegte ich weiter, sind keine Christen. Also werden auch sie den Geburtstag des Christkinds nicht feiern. Das war mir recht;

denn lichterbesteckte Tannenbäume passen sowenig in die Wüste wie ein Kamel in den Bayrischen Wald. Aber dann, als ich im kühlen Haus mit dem Fliesenmacher Armando Domino spielte, fiel mir ein Flüstern und ein Kichern hinter vorgehaltenen Händen auf, teils in der Tür zur Küche, teils hinter der Theke. Auch sah ich, wie der Sohn des Hauses einen Plattenspieler brachte. Um Himmels willen, dachte ich, man wird doch nicht meinetwegen mitten in der Wüste dieses Lied von der stillen und heiligen Nacht spielen, das mir immer wie dicker Sirup die Gedanken verklebt? Aber das Tuscheln ließ nicht nach; geheimnisvolle Päckchen wurden in die Küche getragen, und dann erschien Brahim, der maurische Elektriker, mit einem Karton voller bunter Glühlämpchen.

Mir wurde immer mulmiger zumute. Ich brach das Dominospiel mit Armando einfach ab und sagte, ich müsse rasch nach Mauretanien hinüberfahren, um noch etwas zu besorgen.

Tatsächlich fuhr ich mit dem alten Antonio, der wohl schon seine sechs oder sieben Glas weißen Rums getrunken hatte, über die Grenze.

»Was wollen Sie in Mauretanien, Señor?« fragte Antonio unterwegs mit schwerer Zunge.

»Geschenke kaufen, Antonio. Anscheinend will man Weihnachten feiern.«

»Geschenke, Señor? Zu Weihnachten? Was ist das

für eine neue Sitte?«
»Eine Sitte aus Nordeuropa, Antonio. Man feiert an diesem Tag auch das wiederkehrende Licht.«
»Dann ist es wohl ein Fest der Heiden?«
»So halb und halb, Antonio.«
»Die Welt wird immer verrückter«, brummte der Alte. Dann schwieg er, bis wir zum Supermarkt in Port Etienne kamen, vor dem die senegalesischen Händler in ihren langen Gewändern wie üblich Holzplastiken von der Elfenbeinküste anboten.
»Ich bin drüben in der Bar, Señor«, sagte Antonio, als ich ausgestiegen war.
»Ist gut, Antonio.«
Bevor ich den übersauberen Supermarkt betrat, der sich so sehr von dem fliegenwimmelnden offenen Markt im anderen Teil des Ortes unterscheidet, suchte ich mit den Augen den lustigen Jean aus Dakar, mit dem ich seit Tagen um eine Holzplastik feilschte. Jean war da, lachend wie immer. Die Zähne im dunklen Gesicht waren eine Kokosnußscheibe. Aber die Plastik war weg.
»Wo ist meine Holzplastik, Jean?«
Er grinste so breit, daß die Augen gleich über die Oberlippe zu stehen schienen: »Verkauft, Monsieur.«
Das war ein Schlag: Ich hatte die Plastik schon für mein Eigentum gehalten. Die Stelle im Haus, an der sie stehen sollte, hatte ich schon ausgesucht. Es war

eine Frau auf einem Schemel gewesen, die aus kräftigen Brüsten ihr Kind säugt, eine Art afrikanischer Maria mit Kind. Auf dem Kopf hatte sie ein Gefäß getragen; und auf dem Deckel des Gefäßes hatte ein Affe gehockt, der eine Banane knabberte. Nun war die Plastik weg.

Ich war so traurig und zornig, daß ich die Geschenke nur mit halber Aufmerksamkeit kaufte: eine Dose Gänseleberpastete, eine schwarze Gummipuppe mit Schleife, französische Bonbons, Schweizer Schokolade, ein Kamel aus Kupfer, das ein Feuerzeug war, Zigarren, Zigaretten, Wein und eine teure Flasche Champagner.

Als ich vollbeladen wieder ins Auto stieg, holte Jean unaufgefordert den alten Antonio aus der Bar und wünschte mir, fröhlich grinsend, auf französisch gute Weihnachten. Ich knurrte nur: »Merci.« Dann fuhr ich verstimmt zurück zu der kleinen Häuserzeile mitten im Sand, vor der der lange Nubier noch immer oder schon wieder Wasser aus dem Boden holte.

Als ich Antonio statt des üblichen Trinkgeldes ein Kästchen Zigarren gab, sagte er: »Diese Heidenfeste aus dem Norden scheinen auch ihr Gutes zu haben. Fröhliche Weihnachten, Señor.«

»Fröhliche Weihnachten, Antonio.«

Gegen Mitternacht versuchte man dann tatsächlich eigens für mich ein bißchen Weihnachten zu spielen.

Ein kleiner künstlicher Tannenbaum mit bunten Glühlämpchen war da. Man hatte ein Huhn geschlachtet und gebraten. Ich mußte die anscheinend unvermeidliche stille und heilige Nacht über mich ergehen lassen. Und dann beschenkte man sich gegenseitig. Man hatte den Gabentag einfach vorverlegt. Jeder bekam sein Teil, auch von mir. Ich selbst aber wurde immer wieder mit freundlichem Grinsen umgangen, bis schließlich die Gaben vergeben waren außer einem unförmigen Paket, das auf der Bartheke lag.

»Das ist für dich, von uns allen zusammen«, sagte der jüngste Sohn des Hauses zu mir. »Dreh dich um. Ich pack es für dich aus.«

Ich stand also auf, drehte mich brav um und konnte kein Wort mehr verstehen, weil das Papier, das der Kleine einfach zerriß, so knisternd lärmte. Ich muß wohl auch überhört haben, daß man mich anrief; denn Muhammed, der Nachbar, der in der Tür stand, machte mir plötzlich ein Zeichen, das zu bedeuten schien: »Umdrehen, Señor.«

Ich drehte mich also wieder um, und nun wußte ich, warum alle mich so merkwürdig wohlwollend angegrinst hatten, erst Jean in Port Etienne und dann die Leute in der kleinen Wüstenkneipe: Auf der Theke stand die Holzplastik von der Elfenbeinküste. Da saß auf ihrem Schemelchen die ebenholzschwarze Mutter, auf ihren Knien das Kind, auf den aufge-

türmten Haaren das Gefäß, das rings mit Tieren beschnitzt war, und auf dem Deckel des Gefäßes der hockende Affe, der eine Banane knabberte.
Das wurde eine laute und gar nicht heilige wunderschöne Nacht.

Ein Webervogel möcht ich werden

Ich wäre für mein Leben gerne
Ein kleiner Webervogelmann.
Dann singe ich und picke Kerne
Und gucke mir das Buschland an.

Von einer Aloe die Dolden
Pick ich vergnügt im Sonnenlicht.
Ich habe Federn gelb und golden
Und eine Maske vorm Gesicht.

Natürlich nehm ich mir ein Weibchen.
Ich baue auch für sie ein Nest.
Das mach ich, mir zum Zeitvertreibchen,
Besonders hell und hübsch und fest.

Wirft dann mein Weib das Nest herunter
Nach Webervogelweiberart,
Dann sing ich einfach doppelt munter
Und bin statt zornig doppelt zart.

Will sie ein neues Nestchen haben,
Dann bau ich's und beschäme sie.
Und sie, entzückt von meinen Gaben,
Schenkt Liebe mir und Sympathie.

Das zweite Nest wird ihr gefallen.
Wir werden darin Frau und Mann
Und schaffen uns danach vor allem
Sechs klitzekleine Kinder an.

Ein Webervogel möcht ich werden.
Sein Leben wär nach meinem Sinn.
Wie schade, daß ich hier auf Erden
Ein Junge und kein Vogel bin.

Pelikanmahlzeit

Am Strande lagen Catfischköpfe,
Und angewatschelt kam ein Paar
Schwerfällig-täppischer Geschöpfe,
Das sonderbar
Und fremd mir war.

Sie drückten ihre Dreiecksspuren
Dem Sande auf, zwei Handbreit groß,
Erstarrten dann gleich Wachsfiguren
Und starrten bloß,
Bewegungslos.

Ein alter Angler warf den Tieren
Die Catfischköpfe zu, und sacht
Begannen sich die zwei zu rühren,
Noch unbedacht
Und ungeschlacht.

Dann gab's ein Watscheln. Dann ein Laufen.
Dann sah ich sie voll Energie
Sich um die Catfischköpfe raufen.
Doch schienen die
Zu groß für sie.

Jedoch die starken Schnäbel schnappten
Sich Kopf um Kopf und immer mehr.
Dann, mit den Flügeln flatternd, tappten
Die Vögel schwer
Hinein ins Meer.

Sie wollten Köpfe schräg nach oben
Verschlucken, was nicht schluckbar war.
Die Schnäbel himmelwärts erhoben,
Stand dort das Paar,
Höchst sonderbar.

Sie würgten beide ganz entsetzlich:
Doch in den Schlund ging nichts hinein.
Da tauchten sie ins Wasser plötzlich
Und hübsch zu zwein
Die Köpfe ein.

Ein tiefer Schluck: Das war die Wende.
Nun was ich selbst gesehen hab
Entstand ein Sack beim Schnabelende,
Der reichte knapp
Zur Brust hinab.

Die Catfischköpfe rutschten munter,
Meerwasserspülung nutzend, glatt
In einem Zug den Schlund hinunter.
Und Cat-
Fischköpfe machen satt.

Da standen nun die Vögel wieder
Mit schlankem Hals, und gleich darauf
Schlug sich ihr mächtiges Gefieder,
Ein Riesenfächer, prachtvoll auf.

Was plump war, wurde schön: Sie flogen,
Der eigenen Schönheit voll bewußt,
Die Hälse weit zurückgebogen,
Die schweren Schnäbel auf der Brust.

Fort, trübes Bild der Catfischköpfe!
Zwei Vögel segeln auf dem Wind.
Ich seh zwei herrliche Geschöpfe,
Die endlich Pelikane sind.

Dschemal, der Schornsteindieb

Hier wird erzählt von Glück und Geld
Und einer Reise um die Welt

In der Stadt Üsküb in Makedonien, die heute Skoplje heißt, lebte vor rund fünfzig Jahren ein reicher Kaufmann namens Dschemal Pandscha, der auf die allermerkwürdigste Weise zum Dieb geworden ist.

Dschemal – so wollen wir den Kaufmann von jetzt ab nennen – besaß am Ufer des Flusses einen großen Palast in orientalischem Stil, der aus vielen einzelnen Gebäuden bestand, die durch Treppen, Galerien und überdachte Brücken miteinander verbunden waren. Die Dächer der einzelnen Gebäude lehnten sich nicht auf die Hauswand auf, sondern schwebten, von kurzen Säulen getragen, einige Zentimeter darüber, so daß der Rauch aus dem Inneren abziehen konnte. Schornsteine kannte man damals in Üsküb noch nicht.

Nun geschah es eines Tages, daß ein merkwürdiger Mann aus Isfahan mit eng beieinander stehenden Augen in den Palast des Kaufmanns Dschemal kam. Er trug über der Schulter einen mehrfach zusammengelegten alten Teppich, der trotz seines Alters noch mit wunderschönen Farben prunkte. Diesen Teppich bot er dem Kaufmann um einen ungeheuer-

lichen Preis zum Kauf an.
Der Preis machte den reichen Kaufmann stutzig. Er kannte den Wert alter Teppiche und vermutete, daß es mit diesem Teppich, der ein Vielfaches seines Wertes kosten sollte, irgendeine besondere Bewandtnis haben müsse. So nahm er den Mann aus Isfahan beiseite und fragte leise: »Was macht den Teppich so kostbar, mein Freund?«
Der Mann sah sich um, ob niemand in der Nähe sei, und flüsterte dann: »Es ist ein fliegender Teppich der alten Kalifen. Du kannst mit ihm von Mitternacht bis Mitternacht einmal um die ganze Erde fliegen.«
Dschemal trat einen Schritt zurück und sagte: »Wenn du mir das heute nacht beweisen kannst, kaufe ich dir den Teppich ab. Ich lege sogar noch hundert Goldstücke dazu!«
»Gemacht«, antwortete der Mann aus Isfahan, und dann besprachen sie, wo um Mitternacht der Flug beginnen solle.
Schlag Mitternacht trat Dschemal aus seinem Schlafzimmer auf eines seiner überdachten Verbindungsbrückchen hinaus, um hier den fremden Händler zu erwarten. Der Mond stand groß über dem Palast, und vom Hof herauf hörte man die widerhallenden Schritte der Wachen.
Da plötzlich schwebte langsam und lautlos ein langes schwarzes Ding aus dem Nachthimmel herab und blieb neben dem Brückchen in der Luft stehen.

Es war der Teppich, auf dem kreuzbeinig der Händler aus Isfahan saß.
»Kommst du mit?« fragte er den Kaufmann.
Dschemal zögerte, aber nur einen kurzen Augenblick, dann kletterte er über das Holzgeländer, betrat vorsichtig den Teppich und ließ sich, als er merkte, daß der Teppich ihn trug, neben dem Händler nieder und ebenfalls mit gekreuzten Beinen.
Nun rief der Händler leise:

»Ost und West, Süd und Nord,
Flieg nach meinem Wunsche fort!«

Da stieg der Teppich unter den Sternen in die Höhe, hoch und immer höher, bis er in Wolkenhöhe war, und flog dann in ebener Richtung durch die Luft weiter.
Dschemal schaute vorsichtig über den Rand und sah unter sich ein Meer, auf das der Mond schien.
»Wo sind wir?« fragte er.
»Über dem Mittelmeer.«
»Schon?« rief Dschemal verblüfft.
Bald darauf sah er schräg unter sich eine gebirgige Küste auftauchen, in die das Meer einen schmalen Wasserweg hineingegraben hatte.
»Die Dardanellen?« rief er.
»Ja, die Dardanellen«, antwortete belustigt der Händler.

Dschemal kam in dieser Nacht aus dem Staunen nicht heraus. Daß sie immer unter dem Mond dahinflogen und daß es vierundzwanzig Stunden lang Nacht blieb, konnte er begreifen, denn in ungefähr vierundzwanzig Stunden umläuft der Mond einmal die Erde. Aber daß dieser armselige Teppich von Mitternacht bis Mitternacht die Erde umflog und daß ihn bei dieser Geschwindigkeit nicht der Fahrtwind hinunterpustete, das wunderte ihn. Außer einer kleinen Bö über dem Pazifischen Ozean umspielte sie bei dieser Luftreise nur ein leichter angenehmer Wind.
Stumm und glücklich blickte Dschemal über den Teppichrand hinunter auf die schlafende Welt unter dem Mond. Er sah die dunklen Massive des Himalajagebirges und der Kordilleren, er schaute stundenlang auf die Silberbahn des Mondes über den Ozeanen, er sah unter sich das Lichtergefunkel Rio de Janeiros, sah Inseln im silbernen Wasser schwimmen und das Licht kleiner Leuchttürme in regelmäßigen Abständen aufleuchten und wieder verlöschen.
Der Händler aus Isfahan beobachtete den Kaufmann beim Flug verstohlen von der Seite. Aber er sprach selten. Einmal, als sie über einen Fluß hinwegflogen, der sich durch ein Gebirge in Südamerika zwängte, sagte er leise:
»An einer schwer zugänglichen Stelle am Ufer dieses Flusses ist ein Schatz verborgen. Wollen wir nieder-

gehen?«
Ein anderes Mal, als der Teppich über einer riesigen Ebene schwebte, sagte der Händler: »Auf jenen dunklen Feldern dort unten wächst Opium. Ich kenne einen Opiumverkäufer. Wollen wir ihn besuchen?«
Aber der Kaufmann, der Gold genug besaß und vom Opium nur den Preis kannte, schüttelte abwesend den Kopf und bestaunte weiter die schöne mondhelle Welt unter seinen Füßen.
Endlich – der Teppich flog bereits über das Adriatische Meer – sagte der Fremde: »Mit Hilfe dieses Teppichs kannst du Geschäfte machen wie kein Mensch vor dir. Ich bin bereit, dir zu helfen.«
Dschemal, der gerade die geisterhaft bleichen und kahlen Berge Montenegros am Rande des Meeres aufsteigen sah, fragte: »Warum hast du nicht selbst Geschäfte mit dem Teppich gemacht?«
»Weil ich menschlicher Hilfe bedarf, um zu Geld zu kommen«, erwiderte der Fremde aus Isfahan. Aber kaum war dem Fremden dieser Satz entschlüpft, als er erschreckt die Hände vor die Augen nahm und durch den Spalt zweier Finger Dschemal mit Luchsaugen anstierte.
Doch der Kaufmann aus Üsküb war viel zu sehr gefesselt von den Bergen dort unten. Er nannte einige bei Namen und summte ein altes montenegrinisches Hirtenlied. Den verräterischen Satz des Mannes aus

Isfahan hatte er nicht gehört.
Der Fremde schien darüber erleichtert, aber auch verärgert zu sein. Mit rostiger, rauher Stimme befahl er:

»Ost und West, Süd und Nord,
Flieg hinab und weiter fort!«

Nun sank der Teppich hinab auf ein kleines montenegrinisches Bergdorf, tief und immer tiefer, bis kurz über die Spitze eines Türmchens, das wie ein goldenes Schneckengewinde aussah.
Dschemal blickte, als der Teppich wieder in ebener Richtung flog, auf das seltsame Türmchen zurück und sagte: »So ein Türmchen hätte ich gern auf meinem Palast!«
Der Mann aus Isfahan warf einen flinken listigen Blick auf Dschemal, grinste und antwortete: »Du sollst es haben!«
Dann befahl er:

»Ost und West, Süd und Nord,
Hol das goldne Türmchen dort!«

Der Teppich flog einen großen Bogen, kehrte zu dem Turm zurück und flog geradewegs auf ihn zu. Der Fremde, der in Flugrichtung vorn auf dem Teppich saß, rückte ein wenig nach hinten, so daß er neben Dschemal zu sitzen kam. Dann geschah das Allermerkwürdigste in dieser Nacht: Knapp unter der gewundenen goldenen Turmspitze schwebte der Teppich auf den Turm zu und mitten durch die Mauer hindurch, so daß das spitze goldene Dach auf die Männer zukam, als wolle es sie vom Teppich herunterschieben. Aber kurz vor ihnen blieb das Turmdach stehen und regte sich nicht mehr.

»Jetzt dreh dich einmal um«, rief der Händler.

Dschemal wandte den Kopf und sah hinter sich in der Tiefe einen Turm ohne Spitze, eine mondbeschienene Ruine.

Er drehte den Kopf abermals, betrachtete die im Mondlicht funkelnde Turmspitze vor sich, sah sich abermals um und betrachtete dann den Mann aus Isfahan, der grinste.

»Nun? Zufrieden?« kicherte der Fremde.

»Zufrieden, aber auch verblüfft«, antwortete Dschemal. Er hatte hundert Fragen auf der Zunge. Aber da erschien unter ihnen bereits sein Palast.

»Wohin willst du die Turmspitze stellen?« fragte der Händler.

»Auf die linke vordere Ecke des Hauptgebäudes«, erwiderte Dschemal.

Der Händler nickte und rief:

»Ost und West, Süd und Nord,
Trag den goldnen Turm nach dort!«

Dabei zeigte er mit dem Finger auf die linke vordere Ecke des Hauptgebäudes.
Der Teppich sank nieder, schwebte auf das flache Dach zu, legte sich halb auf die Ecke und schwebte sachte zurück. Die Turmspitze blieb auf der Dachecke stehen.
Jetzt schwebte der Teppich auf einen Spruch des Händlers wieder neben das Verbindungsbrückchen, von dem Dschemal die Reise begonnen hatte. Die beiden Männer kletterten über das Geländer, und der Fremde aus Isfahan faßte den Teppich an einem Zipfel und sagte:

»Nicht mehr Ost, West, Süd und Nord!
Fliege nun nicht weiter fort!«

Schlapp – schlug der Teppich um und hing plötzlich weich und geschmeidig über dem Holzgeländer. Kurz darauf riefen die Wächter die erste Stunde des Tages aus.
»Nun, lieber Freund, hat es dir gefallen?« fragte der Fremde.
»O ja«, sagte Dschemal, »nie habe ich die Welt so schön gefunden wie in dieser langen Nacht.«
»Schön oder nicht schön«, sagte der Mann aus Isfahan, »vor allem steckt sie voller verborgener Reichtümer, die du mit diesem Teppich heben kannst.«
Dschemal antwortete ruhig: »Ich bin reich genug.

Was kümmern mich verborgene Schätze?«

»Was nützt dir der Teppich, wenn du nur sinnlos durch die Gegend fliegst?« rief der Fremde aus. »Du mußt ihn nützen, verstehst du? Du kannst damit der reichste und mächtigste Mensch der Welt werden, und ich will dir helfen.«

Dschemal schüttelte den Kopf. »Mein eigener Reichtum langweilt mich bereits«, sagte er.

»Ah, der Herr hat Langeweile«, murmelte der Händler für sich. Laut aber sagte er: »Die reichen Herren, die sich langweilen, pflegen Sammlungen anzulegen. Sie sammeln Pfeifen oder Tabaksbeutel oder Teppiche.«

»Ich habe einmal Rubine gesammelt«, erwiderte Dschemal. »Aber auch das reizt mich nicht mehr.«

»Vielleicht solltest du etwas Außergewöhnliches sammeln«, rief der Mann aus Isfahan. »Du hast den Teppich – sofern du ihn kaufen willst. Sammle Turmspitzen damit.«

»Turmspitzen sammeln?« Dschemal lachte. »Das ist so verrückt, daß es mich beinahe lockt. Aber ich glaube, selbst das langweilt mich mit der Zeit.«

»So willst du den Teppich nicht haben, Kaufmann Dschemal?«

»Doch, mein Freund, ich kaufe ihn!«

»Aber wozu?« rief verblüfft der Händler.

»Um im Mondschein durch die Nacht zu fliegen und die schöne Welt unter mir zu bewundern, die

dunklen Gebirge und die hellen Bänder der Flüsse, das schimmernde Wiesenland und das funkelnde Meer.«
»Dafür willst du im Ernst einen solchen Preis bezahlen?«
»Ich zahle ihn dir und lege noch dreihundert Goldstücke dazu. Komm mit ins Haus, damit wir das Geschäft erledigen, und trinke noch einen Tee mit mir.«
Aber dem Händler lag nichts am Tee. Als sie den Teppich ins Haus gebracht und er sein Geld empfangen hatte, empfahl er sich schnell und machte sich davon.
Draußen vor dem Tor aber streckte er seine Fäuste gegen den Palast aus und rief: »Du hast Macht und Reichtum verspottet, Kaufmann Dschemal! Nun sei verflucht! Möge die Langeweile deinen Geist verwirren, bis unter dem Gewicht deines Wahnsinns die Dächer des Palastes einstürzen!«
Er lachte rauhkehlig, schlug an seine Taschen, die mit Gold gefüllt waren, und tauchte in der Finsternis unter.
Dschemal, der Kaufmann, aber lag in dieser Nacht lange wach und betrachtete beim Schein seiner Öllampen den Teppich, der neben seinem Bett auf dem Boden lag.
Der Kaufmann war so glücklich über den Kauf, daß er vor lauter Vergnügen darüber erst in der Frühe einschlafen konnte und den ganzen folgenden Tag

wie im Traum durch seinen Palast ging. Er konnte die nächste Mitternacht kaum erwarten.
Sieben Nächte lang flog Dschemal zwischen der Mitternacht und der ersten Stunde auf seinem Teppich durch die Welt und richtete es so ein, daß die Wachen ihn beim Ab- und Anfliegen nicht sehen konnten, wenn sie zufällig einmal nach oben blicken sollten. Er genoß den fliegenden Teppich wie ein Kind sein neues Spielzeug.
Aber in der achten Nacht war er müde und unlustig und nicht mehr sehr begierig, über Meere, Gebirge und Flüsse im Mondlicht dahinzufliegen. Seine Augen waren satt davon, und das Gespenst der Langeweile griff wieder nach ihm.
Die seltsame goldene Turmspitze auf der linken vorderen Ecke des Hauptdaches hatte unter allen Bewohnern des Palastes, vor allem unter der geschwätzigen Dienerschaft, Verwunderung erregt, als sie eines Morgens plötzlich da war.
Dschemal sagte nur: »Ich habe Befehl gegeben, sie dort hinzustellen.« Weiter gab er keine Erklärung. Das öffnete dem Geschwätz und Gemunkel erst recht Tür und Tor. Aber schon nach einer Woche nahm jeder die Turmspitze hin, als sei sie immer dagewesen. Nur der Kaufmann schüttelte manchmal nachdenklich den Kopf, wenn sein Auge zufällig auf das goldene Spitzchen fiel.
Er ging nun viele Wochen lang wie vorher seinen

Geschäften nach und ließ den Teppich Teppich sein. Aber eines Nachts, als der Vollmond schien und er am Fenster seines Schlafzimmers stand und sein Blick auf dem funkelnden Knauf des Türmchens ruhte, gelüstete es ihn wieder nach einer Luftreise. Er trug den Teppich auf das Brückchen hinaus und stieg hinauf in die blaue Vollmondnacht. Er nannte dem Teppich aufs Geratewohl Namen von Städten, Gegenden und Ländern, flog über Hügel und Gebirge, sah helle Flüsse und dunkle Wälder und schwebte schließlich über einem altertümlichen Städtchen am Ufer eines Sees.

Hier beschien der volle Mond höchst merkwürdige Gebilde auf den Dächern der Häuser. Es waren keine Türme und keine Minarette, sondern Schornsteine, die Dschemal nicht kannte. Er ließ sich dreimal um das Städtchen herumtragen, suchte sich den merkwürdigsten Schornstein aus und befahl dem Teppich durch den wundertätigen Spruch, das Ding dort vom Dache zu heben.

Der Teppich gehorchte und hob den Schornstein mit derselben sanften Sorgfalt vom Dache ab, mit der er in dem montenegrinischen Bergdörfchen dem Turm seine goldene Spitze genommen hatte.

Mit diesem Schornstein flog Dschemal heim nach Üsküb und setzte ihn mitten auf ein kleines flaches Nebendach seines Palastes.

Die Aufregung der Palastbewohner am nächsten

Morgen war ungeheuer. Aber Dschemal ließ bekanntgeben, er selbst habe das seltsame Ding auf dem Dache anbringen lassen.
An diesem Tage kündigten ihm sechs seiner Diener den Dienst auf; denn es liefen merkwürdige Gerüchte über ihren Herrn um.
So wurde Dschemal vorsichtig. Er ritt am Nachmittag mit dem Teppich über dem Sattel allein weit hinaus vor die Stadt zu einer Höhle am Flußufer. Hier ließ er sein Pferd grasen und trug den Teppich in ein enges Seitenloch der Höhle, vor das er einen Stein wälzte.
Nun ritt er manche Nacht ans Flußufer und stieg von hier aus in die Luft auf, aber nur in dunklen sternenlosen Nächten, in denen er seine Hand nicht vor Augen sehen konnte. In solchen Nächten holte er mit dem gehorsamen Teppich immer mehr Schornsteine aus dem Städtchen am See, das im Norden Italiens lag.
Alle diese Schornsteine, die der Teppich blind aus der Dunkelheit holte, verteilte Dschemal auf den Dächern seines riesigen Palastes.
Das Gespenst der Langeweile hatte sich in den Teufel einer unersättlichen Sammelleidenschaft verwandelt, die ebenso komisch wie beängstigend war: Dschemal sammelte Schornsteine! Der reiche Kaufmann aus Üsküb wurde in Italien zum Schornsteindieb.

Dschemal ließ nun seine Geschäfte schleifen, er ließ sein Gesinde tuscheln, er verlor seine treuesten Diener und war bald nur noch von einer Schar von Schmarotzern umgeben, die ihn bestahlen, wo sie konnten.
Aber Dschemals Reichtum war so groß, und er hatte an so vielen geheimen Plätzen kostbare Rubine verborgen, daß er noch lange wie ein reicher Herr leben konnte. Er flog immer noch in jeder finsteren Nacht hinüber nach Italien, um Schornsteine zu stehlen.
Die Palastdächer, bedeckt von zahlreichen bizarren Schornsteinen, sahen im Mondschein jetzt gespenstisch aus. Aber gerade das war es, was Dschemal reizte. Wenn er jetzt nachts am Fenster stand und den Wald seltsamer Gebilde auf den Dächern betrachtete, sah sein Gesicht wie das eines Wahnsinnigen aus. Er schnalzte mit den Lippen, schnob vor Vergnügen durch die Nase und rief kichernd: »Allah vermehre euch, meine kleinen Kobolde! Ihr seid noch lange nicht zahlreich genug!«
Dann blitzte manchmal vom Hof ein tückisches Auge herauf, und es sah dem Auge des Mannes aus Isfahan verdächtig ähnlich.
Die kleine italienische Stadt am See aber war inzwischen in hellem Aufruhr. Als der erste Schornstein verschwunden war, hatte man gemutmaßt, daß ein kleiner Wibelwind, wie sie hier manchmal vorkommen, den Schornstein vom Dach getragen habe. Als

aber ein zweiter, ein dritter und gar ein vierter Schornstein verschwanden, als endlich die halbe Stadt schornsteinlos war und eines Nachts ein besonders stattlicher, funkelnagelneuer Schornstein am Morgen nach seiner Errichtung verschwunden war, da schlug das Staunen in Empörung um. Nachts wurden Wachen aufgestellt, die nichts anderes zu tun hatten, als auf die Dächer zu starren. Aber was nützt das beste Auge in pechfinsterer Nacht?
Immer dann, wenn die Finsternis so groß war, daß man keine Hand vor den Augen sehen konnte, verschwand abermals ein Schornstein. Da endlich wurden die Bewohner des Städtchens am See schlau. Als ihr wetterkundiger Türmer wieder einmal eine pechfinstere Nacht voraussagte, stieg auf jedes Dach, das noch einen Schornstein besaß, ein Mann und setzte sich unmittelbar neben dem Schornstein rittlings auf den Dachfirst. So stieg auch Mario, ein Fischer, kurz vor Mitternacht auf sein Dach.
Er saß wohl eine halbe Stunde da, als er etwas an sich vorbeiwehen fühlte. Auch merkte er, daß der Schornstein, an den er sich lehnte, leicht schwankte. Es war der schwerste und größte Schornstein in der Stadt, und Mario hatte an einer Seite Eisensprossen für den Schornsteinfeger anbringen lassen. An diesen Sprossen hielt der Fischer sich fest, als er plötzlich merkte, daß nicht er den Schornstein, sondern daß der Schornstein ihn festhielt. Mario hing nämlich

plötzlich mit den Beinen in der Luft. Mühsam hangelte er sich an den Sprossen in die Höhe, und da sah er plötzlich beim Licht, das der Blitz eines entfernten Gewitters herüberwarf, daß der Schornstein auf einem länglichen bunten Ding durch die Luft flog und daß eine fremdartige Gestalt auf dem bunten Ding kauerte.

Das Licht erlosch so schnell, wie es erschienen war. Aber Mario hatte genug gesehen. Er kletterte an winzigen Vorsprüngen und Ritzen um den Schornstein herum, tastete dort unter sich den Boden ab, merkte, daß er stehen konnte, und stürzte sich dorthin, wo er die kauernde Gestalt gesehen hatte. Er fühlte ein Gesicht und Schultern und dann plötzlich eine Hand an seiner Kehle.

Aber Mario war jung und stark und Dschemal alt und schwach. Nicht lange, und der Kaufmann stürzte schreiend in die finstere Tiefe.

Mario aber tastete sich Schritt vor Schritt zum Schornstein zurück und klammerte sich dort an die Steine, bis er merkte, daß der Flug langsamer wurde und daß es abwärts ging. Da legte er sich lang auf dem Teppich nieder und beugte den Kopf über den ertasteten Rand. Aber er sah nichts. Er fühlte nur, daß der Flug stockte und dann weiterging. Wieder wollte er sich an den Schornstein lehnen. Aber der war plötzlich nicht mehr da, und nun hörte Mario hinter sich ein Krachen und Donnern und Bersten und Brechen, als ginge die Welt unter. Er hörte auch Rufe und Schreie und sah entfernten Fackelschein. Dann merkte er, daß es zu Boden ging und einen Ruck gab. Und dann spürte er nichts mehr. Er griff mit den Händen über den Teppichrand, fühlte festen Boden, betrat ihn sehr vorsichtig und kauerte sich nieder, um den Tag zu erwarten.

Der gehorsame Teppich hatte in dieser Nacht alles genau wie sonst erledigt: Er war zum Palast Dschemals geflogen, er hatte an der einzigen noch freien Stelle der Dächer den Schornstein abgeladen und war dann wie gewöhnlich zur Höhle am Fluß geflogen.

Dieser letzte Schornstein aber hatte das Hauptdach, das für solche Lasten nicht gebaut war und sich von Mal zu Mal mehr verzogen und verschoben hatte, endgültig zum Einsturz gebracht. Und der Einsturz mit den vielen niederdonnernden Schornsteinen hatte alle Nebendächer durchschlagen und mitgerissen, so daß der stolze Palast in wenigen Minuten zu einem wüsten Trümmerhaufen geworden war.

Aber davon wußte Mario, der Fischer, nichts. Er hatte, als der Tag graute, zuerst nach dem Ding geschaut, mit dem er durch die Luft geflogen war. Als er sah, daß es ein gewöhnlicher Teppich war, der sich wie ein gewöhnlicher Teppich rollen ließ und Falten schlug, war er nicht wenig verwundert. Wenn er mit der heraufsteigenden Sonne nicht gesehen hätte, daß er sich in einer ihm wildfremden Gegend

befand, hätte er das Ganze für einen nächtlichen Spuk gehalten.
Aber munter und arglos, wie er von Natur aus war, ließ er am Ende Wunder Wunder sein, versteckte den Teppich in der Höhle, vor der er die Nacht verbracht hatte, und machte sich auf, Menschen zu suchen und sich zu erkundigen, wo er sei.
Er sah in der Ferne die Türme und Minarette der Stadt Üsküb, wanderte darauf zu und trat nach zwei Stunden in die Stadt ein, in der er keiner Menschenseele begegnete als einer alten Frau, die ihn nicht verstand und die in einer fremden Sprache redete und dabei immer wieder in eine Gasse hineinzeigte. Mario ging schließlich achselzuckend in diese Gasse hinein. Am Ausgang der Gasse kam er auf einen Platz, in dessen Mitte die Trümmer eines ehemals riesigen Palastes zu sehen waren. Zwischen diesen Trümmern war es schwarz von Menschen, die in dem Schutt herumwühlten, als suchten sie Schätze.
Mario stand einen Augenblick zuschauend da, als ein Herr mit eng beieinanderliegenden Augen auf ihn zutrat und ihn zu seiner Verblüffung auf italienisch anredete.
»Das ist der Palast eines reichen Herrn, der in der Nacht eingestürzt ist«, sagte der Fremde. »Jetzt stürzen sich die Leute auf die Trümmer wie Geier auf das Aas.«
»Verzeihung«, sagte Mario. »Wo bin ich eigentlich?«

»Du bist in Üsküb, Freund. Und du bist, wie ich richtig vermutet habe, Italiener.«
»Woran merktest du das?«
»Ich bin weit herumgekommen in der Welt, und solche Rundköpfe mit schwarzen Locken habe ich nur in Italien gesehen.«
»Bravo! Gut geraten!« rief Mario. »Kannst du mir auch verraten, wie ich von hier nach Hause komme?«
Der Fremde sah den Fischer von der Seite an und sagte leise: »Mit einem fliegenden Teppich.«
Mario wandte erschrocken den Kopf und fragte: »Wer bist du?«
Der Fremde lachte und sagte: »Ich bin ein Märchenerzähler, der immer wieder die Geschichte vom fliegenden Teppich erzählen muß. Daher gab ich dir diesen absonderlichen Rat, junger Freund.«
»Ach so«, sagte Mario erleichtert. »Ich dachte schon, du sprächest im Ernst.«
»In halbem Ernst, mein lieber junger Freund. Denn im Vertrauen gesagt: Es gibt manchmal noch solche Teppiche. Ich bin einem auf der Spur und trage ständig ein Säckchen Gold mit mir herum, um ihn zu kaufen.«
»Du willst ein Säckchen Gold dafür geben, Alter?«
»So ist es, lieber Freund. Ein Säckchen Gold. Hörst du?« Er schlug an seine Tasche, und Mario hörte Goldstücke klimpern.

Der Alte kommt mir nicht unrecht, dachte der junge Fischer. Ich weiß zwar nicht, wie man den Teppich in der Höhe behandeln muß, damit er fliegt; aber ich weiß, daß ich damit durch die Luft geflogen bin, so wahr ich Mario heiße.

Er sagte: »Hör her, Alter. Willst du mich zwei Wegstunden den Fluß entlang begleiten? Dort habe ich in einer Höhle einen Teppich versteckt, der mich in der verflossenen Nacht auf sonderbare Weise hierhergebracht hat. Gibst du mir den Beutel, so sollst du den Teppich haben.«

Der Fremde, der niemand anders als der Mann aus Isfahan war, legte eine Hand vor seine Augen, um ihr Aufblitzen zu verbergen, und antwortete: »Zeig mir den Teppich, junger Freund. Vielleicht ist es der, den ich suche.«

Nun wanderten die beiden den Fluß entlang zur Höhle, und als der Fremde hier den Teppich sah, wurden sie in wenigen Augenblicken handelseins.

Der Fremde aus Isfahan zog wieder mit dem zusammengefalteten Teppich über der Schulter in die Welt und Mario bekam einen Beutel voll Gold, mit dessen Hilfe er nach wenigen Wochen wieder in seiner Heimat ankam und staunenswerte Dinge zu berichten wußte.

Zehn Jahre nach diesen Ereignissen schleppte sich durch die Straßen der Stadt Üsküb ein alter Mann in abgetragenen Kleidern, der jedermann grüßte, den

aber niemand kannte. Er begab sich zu jenem Platz, auf dem einst der Palast des reichen Kaufmanns Dschemal Pandscha gestanden hatte, auf dem jetzt aber nur Unkraut über bröckelnden Trümmern wucherte.
Der alte Mann ließ sich hier auf einem kurzen Säulenrest nieder und betrachtete die grüne Wüstenei ringsum.
Da trat plötzlich ein Mann auf ihn zu, musterte ihn mit merkwürdigen scharfen Augen und rief dann: »Bist du es, Kaufmann Dschemal?«
Der Alte sah den Mann an und antwortete: »Du bist der Teppichhändler aus Isfahan. Wie geht es dir?«
»Mir geht's gut, Alter. Ich habe einen Kaufmann gefunden, der deinen Teppich besser zu nützen weiß als du. Aber wie ist es dir ergangen?«
»Das ist eine lange Geschichte«, antwortete der alte Mann. »Ich bin von deinem Teppich hinuntergestoßen worden und ins Meer gefallen. Dort hat mich ein Fischer aufgefischt. Seitdem war ich Hirte und Pförtner und Glöckner und manchmal auch Bettler. Ich habe mir in der ganzen Welt die Füße müde gelaufen. Aber die Welt war schön, und ich habe mich nie gelangweilt wie hier an dieser Stelle.«
Er zeigte mit einer müden Bewegung über die Trümmer hin. Dann lachte er und sagte: »Hier stand ein Palast, der unter fremden Schornsteinen eingebrochen ist. Es klingt beinahe wie ein Märchen.«

»Es gibt keine Märchen«, sagte der Fremde aus Isfahan und stand auf. »Denn wenn es Märchen gäbe, dann müßtest du jetzt wie am Ende aller Märchen reich und glücklich sein, Kaufmann Dschemal.«
»Reich bin ich nicht«, antwortete der alte Mann. »Aber glücklich bin ich wirklich.«
Er stand ebenfalls auf und schlurfte davon, während der Mann aus Isfahan ihm mit offenem Munde nachstarrte.
Als der Alte in eine Gasse einbog und hinter einer Häuserwand verschwand, warf der seltsame Mann aus Isfahan ihm einen Stein nach und stieß zwischen den Zähnen hervor: »Der Kerl ist glücklich, möge ihn die Pest verschlingen!« Dann rannte auch er davon.
Auf den Trümmern des ehemaligen Palastes aber wachsen Tausendschönchen und Feigenbäume zwischen den Steinen, hier jagen die Eidechsen den Fliegen nach, und manchmal bei Mondschein kann man hier Zigeuner sitzen sehen und sie singen hören.

Löwenballade

Vom Turm der alten Feste Namutoni,
Beim Licht des letzten schwachen Himmelblaus,
Vom Turm der alten Feste Namutoni
Blickt ich am Abend übers Buschland aus.

Bis weit ins Land sah ich die Zebraherden.
Zuweilen bellte eines, hoch und schrill,
Sie grasten friedlich, gleich gestreiften Pferden.
Ein Pfeffervogel schrie. Sonst war es still.

Springböcke, Kudus, Oryx-Antilopen.
Auch ein paar Strauße. Manches Mal ein Gnu.
Dann kam die Nacht der südlichen Subtropen
Und deckte Strauß und Gnu mit Schatten zu.

Da wurde es so still mit einem Male,
Als hielte rings der Busch den Atem an.
Im Hof den alten Wächter Atulale
Hörte ich raunen: Rette sich, wer kann.

Und all die Tiere – schwach war's zu erkennen –
Hoben die Köpfe, witternd, atemlos.
Dann sah ich sie, dann fühlte ich sie rennen.
Irgendein Unheil barg die Nacht im Schoß.

Auf weichem Boden klopften tausend Hufe,
Wie Schlegel auf verhängtem Trommelfell.
Dann hoch und schneidend Pfeffervogelrufe,
Und Hufe, Hufe klopften, leicht und schnell.

Vorm hellen Himmel wogten Zebrarücken
Südwärts, dicht beieinander, lautlos fast.
Das Tor im Hof aus Holz und Eisenstücken
Schloß Atulale rasselnd und in Hast.

Dann hab ich ferne ein Gebrüll vernommen,
Als riß die Erde selbst den Rachen auf.
Und Atulale rief: Die Löwen kommen!
Der Herr des Buschlands tritt mit Trommeln auf.

Der Stier und die Kinder

Als ich Sir Angus Slowlyman, dem berühmten Reisenden auf der Kuh, eines Septembertages im Club der Entdecker in New York begegnete, erzählte er mir wieder einmal ein Erlebnis seiner Reise, das er in sein weltbekanntes Buch nicht aufgenommen hat. Dieses Erlebnis will ich hier erzählen.

Im Lande Animalistan, in dem bekanntlich alle Tiere reden können, so berichtete Sir Angus mir, ritt ich einst träumerisch auf Mimi, meiner Kuh, daher, als eine Schar Kinder schreiend vor mir über den Weg rannte. Es sah so aus, als täten sie es zum Spaße; aber dann entdeckte ich einige Schritte weit hinter den Kindern einen Stier, einen mächtigen Burschen, der die armen schreienden Kinder verfolgte. Mimi, meine Kuh, blieb erschrocken stehen. Natürlich hatte sie keine Angst vor dem Stier; denn sie war ja sozusagen eine Stierfrau; aber sie ängstigte sich für die Kinder, denen der Stier inzwischen bedenklich nahe gekommen war. Da geschah unerwartet etwas sehr Merkwürdiges: Aus einem Gebüsch ertönten plötzlich Flötentöne, der riesige Stier brach seine Verfolgung ab, bremste mit rutschenden Hufen seinen Lauf, näherte sich meiner lieben Mimi und sagte so friedlich, als sei er selber eine Kuh mit Namen Emma oder Berta: »Hallo.«

»Hallo«, antwortete Mimi verdutzt.

»Haben Sie diese entzückende Musik für mich bestellt?« fragte der Stier.

»Nein«, sagte, immer noch verdutzt, Mimi. »Die Musik kommt aus dem Busch da.«

Der Stier wandte den Kopf, und da erschien aus dem Busch ein kleines Mädchen, das auf einer Weidenflöte blies.

»Hallo, Kleine«, sagte der Stier.

»Hallo, Stier«, sagte das Mädchen und nahm die Flöte vom Mund. Das aber hätte es besser nicht tun sollen; denn kaum hörte die Musik auf, da begann der Stier wieder zu schnaufen und den Kopf mit den spitzen Hörnern zu senken. Auch begannen seine Augen gefährlich rot anzulaufen.

»Um Himmels willen, spiel weiter, Kind!« sagte Mimi, meine Kuh. Aber das tat das kleine Mädchen bereits. Und siehe da: Im Handumdrehen sah der Stier wieder so sanftmütig und friedlich aus, als sei er eine Kuh mit Namen Emma oder Berta.

»Eine wunderschöne Musik«, seufzte er.

»Ich liebe Musik. Sie macht mich immer so friedfertig.«
»Aber für wie lange?« fragte das kleine Mädchen.
»Das allerdings«, gab der Stier zu, »ist bei uns Bullen und Stieren eine wichtige Frage. Im Grunde unserer Bullenherzen lieben wir Blumen, Schmetterlinge und kleine Mädchen; aber wenn die Wut uns packt und wir sehen rot, dann . . .«
». . . dann rennt ihr Blumen, Schmetterlinge und kleine Mädchen glatt über den Haufen«, ergänzte Mimi, meine Kuh.
»Ja«, sagte der Stier. »So sind wir Stiere.«
»Und dagegen kann man gar nichts tun?« fragte Mimi.
»Ich kenne kein Mittel dagegen«, sagte der Stier. »Wenn du eines wüßtest, wäre ich dir dankbar.«
»Laß mich nachdenken«, sagte Mimi.
Während das kleine Mädchen weiter auf ihrer Weidenflöte spielte, dachte Mimi lange nach, weil Kühe bekanntlich langsam denken. Erst als das Mädchen sieben Lieder geflötet und der Stier wenigstens zehn Schmetterlinge bewundert hatte, hörte Mimi mit dem Nachdenken auf und sagte: »Ich hab's.«
»Was hast du?« fragte sanftmütig der Stier.
»Ein Mittel, um deine Wutanfälle zu kurieren.«
»Oh, probieren wir es aus, liebste Kuh.«
»Eben das will ich tun«, sagte Mimi. Dann rief sie

dem Mädchen zu: »Hör auf mit dem Flötenspiel. Der Stier ist jetzt friedlich genug.«
»Hoffentlich«, sagte das Kind und hörte auf zu spielen.
Aber der Stier blieb wirklich friedlich.
»So«, sagte Mimi, »jetzt rufen wir die Kinder, die dort hinten neugierig zu uns herüberschauen, und du, Stier, läßt dich von ihnen beschimpfen, ohne mit der Stierwimper zu zucken. Wie heißt du übrigens?«
»Pedro«, sagte der Stier. »Ich stamme aus Spanien.«
»Gut, Pedro, dann rufe ich jetzt die Kinder.«
Mimi tat es; aber die Kinder kamen nur sehr zögernd und mißtrauisch näher. Erst als die kleine Flötenspielerin sie immer wieder ermunterte, kamen sie schließlich so nahe, daß sie Pedro fast berühren konnten.
Da schlug der Stier die Augen nieder und sagte: »Entschuldigt, Kinder, daß ich großer Bulle euch kleine Leute so erschreckt habe. Ich will's nicht wieder tun.«
Aber Mimi rief: »Papperlapapp, natürlich tust du es wieder, wenn wir dich nicht zum Friedlichsein erziehen. Deshalb wollen wir das jetzt tun. Beschimpft den Stier, so laut ihr könnt, Kinder! Wird er wild, spielen wir die Flöte, die ihn beruhigt. Das wiederholen wir so lange, bis er nicht mehr wütend wird.«
»Ich werde bestimmt nicht wütend«, säuselte der Stier.

»Abwarten!« rief Mimi. Dann sagte sie zu dem Mädchen: »Halte die Flöte bereit!« Und zu den Kindern sagte sie: »Nun schimpft los.«
Aber Schimpfen auf Befehl ist gar nicht so einfach. Ein kleines Mädchen piepste: »Du Hornochse!« Ein kleiner Junge krähte: »Du Rindvieh!« Aber beides klang gar nicht böse.
Deshalb rief Mimi: »Ihr müßt lauter und frecher sein, Kinder! Sagt doch diesem Blödian von Pedro, was für ein dämlicher Kraftprotz er ist. Brüllt es ihm in seine triefenden Stieraugen.«
»Waaas?« brüllte Pedro, der Stier. »Ich ein Blödian mit Triefaugen?« Schon senkte er den Kopf, schon liefen die Augen rot an, schon holte er tief zum Schnauben Luft, da – ertönte die Flöte.
Pedro, der Stier, war im Handumdrehen wieder das friedfertigste Geschöpf, das man sich vorstellen kann, und er muhte, als sei er eine Kuh, die Emma oder Berta heißt: »Entschuldigt, bitte, daß ich den Scherz ernst genommen habe. Ich will es nicht wieder tun.«
»Wir werden ja sehen«, muhte Mimi. »Hoppla, hör auf mit dem Flöten. Kinder, schimpft drauflos!«
Diesmal, als die Kinder die erstaunliche Zauberkraft der Flöte kannten, hatten sie keine Hemmungen mehr. Sie brüllten und schrien: »Blödian! Angeber! Kraftprotz! Gehirnloses Fleischpaket!«
Leider, leider ist ein Stier ein Stier, der sich von

einem Augenblick auf den andern höchstens durch Zauberei ändern läßt. Pedros Augen liefen wieder rot an, wieder sog er zornbebend die Luft ein, aber wieder ertönte die Flöte und machte aus ihm augenblicklich den liebenswerten Freund der Blumen, der Schmetterlinge und der Kinder.

Wenigstens drei Stunden lang ging das Spiel so weiter. Immer wieder wurde Pedro wild. Immer wieder besänftigte ihn die Flöte. Dann aber brüllte ein Junge ihm die schlimmste Beleidigung zu, die man einem Stier zufügen kann: »Dumme Kuh!«

Diesmal schien selbst die Flöte den ungeheuren Zorn nicht dämpfen zu können, der in Pedros blutroten Augen kochte. Schon wandten sich die Kinder entsetzt zur Flucht, da – lachte der Stier plötzlich und sagte: »Komisch, jetzt bin ich geheilt.«

Dieses »komisch« wirkte so komisch, daß alles lachte und ihm glaubte. Und mit gutem Grund: Fortan konnten die Kinder brüllen, kreischen und dem Stier die übelsten Schimpfwörter ins Gesicht schleudern – er blieb gelassen, roch an den Blumen, schaute den Schmetterlingen nach und sah die Kinder lieb an. Auch dann, wenn die Flöte nicht ertönte.

Da freuten sich die Kinder und ließen das Schimpfen sein, und Mimi, das kleine Mädchen und ich freuten uns auch.

Am meisten aber freute sich Pedro, der Stier, darüber. »Ich bin klug und weise geworden«, sagte er.

»Und wem verdanke ich das? Einer dämlichen Reitkuh.«
»Waaas?« brüllte Mimi. »Ich dämlich? Das mir?« Ihre Augen liefen rot an, und sie wäre glatt mit mir als Reiter auf den Stier losgegangen, wenn nicht plötzlich alles ringsum schallend gelacht hätte. Da merkte sie, daß der Stier sie nur hatte auf die Probe stellen wollen, und sie schämte sich.
»Entschuldigt!« sagte sie. »Jetzt habe ich mich selbst aus der Ruhe bringen lassen. Ich will es mir eine Lehre sein lassen, Stier Pedro. Lebt wohl, alle miteinander!«
»Reitet wohl!« antworteten die Kinder, und der Stier sagte: »Dank für deine Lektion, liebe Kuh.«
Dann ritten Mimi und ich davon und neuen Abenteuern entgegen.

Das riesengroße Puzzlespiel

Eines der merkwürdigsten Abenteuer, die Sir Angus Slowlyman auf seiner berühmten Reise mit der Kuh erlebte, aber nicht aufgeschrieben hat, erzählte er mir, als wir uns im Club der Inselforscher auf Madagaskar trafen.
»Da Sie mein Erlebnis mit den beiden Mädchen zu meiner Zufriedenheit aufgeschrieben haben, Sir«,

sagte er, »so erlaube ich Ihnen, auch das folgende Abenteuer zu berichten.« Dann begann Sir Angus zu erzählen.

Ich ritt damals auf Mimi, meiner lieben Kuh, begann er, durch das nördliche Kanada, als ein Schild den Ort Bangcouver ankündigte und vor uns ungewöhnliche Türme auftauchten, die (wie ich beim Näherreiten erkannte) aus Stahlstreben und Plastikteilen in den verschiedensten Farben konstruiert waren.

Setzten die Türme uns schon in Erstaunen, deren ähnliche wir nie zuvor gesehen hatten, so wuchs unser Erstaunen, das sich mit Schrecken mischte, als einer der Türme plötzlich mit ungeheurem Lärm buchstäblich in alle Winde auseinanderfetzte. Streben und Plastikteile wirbelten durch die Luft, Rauch stieg auf, es zischte, knallte, rasselte und dröhnte; dann fielen, während die Rauchschwaden sich langsam verzogen, die Trümmer des Turmes prasselnd zu Boden, so daß Mimi und ich unsere Köpfe einzogen. Dort, wo zuvor der Turm gewesen war, sahen wir nur noch einen großen grauen Betonsockel stehen.

Wenig später, als wir auf den Sockel zuritten, kamen uns Menschen entgegengelaufen, Frauen, Männer und Kinder. Wir glaubten zunächst, sie seien aus Angst vor der Explosion davongerannt; doch dann erkannten wir, daß die Leute lachten, als ob das Zerfetzen des Turmes ihnen ungeheuren Spaß gemacht hätte. Auch sahen wir, daß sie weiße Platikkörbe trugen und anscheinend die Turmtrümmer aufsammelten und in diese Körbe warfen.

»Was, Mimilein, mag das bedeuten?« fragte ich murmelnd meine Kuh, ohne übrigens eine Antwort zu erwarten. »Das sieht ja fast so aus, als hätten die Leute den Turm aus purem Spaßvergnügen explodieren lassen.«

Ich ahnte in diesem Augenblick noch nicht, wie recht ich mit dieser Bemerkung hatte. Doch sollte ich in Windeseile darüber aufgeklärt werden. Ein kleines Mädchen nämlich raste plötzlich auf mich zu und sagte: »Verzeihung, Sir.« Dann pflückte es ein himbeerrotes Plastikschräubchen von meinem Hutschirm, knickste, sagte danke und wollte wieder davonlaufen. Ich aber rief: »Halt, stopp, Kleine. Willst du mir nicht erklären, was dies alles bedeutet, die Explosion und diese Sammelei?«

»Wir spielen Puzzle, Sir«, sagte das Mädchen. »Aber ich muß mich beeilen. Wir spielen nach Zeit. Auf Wiedersehen.«

Weg war das Mädchen. Ich aber saß auf meiner Kuh mit einer Erklärung, die ich nicht verstand.

»Puzzle spielen«, murmelte ich, während wir zwischen sammelnden Menschen hindurchschritten, »Puzzle spielen heißt, ein auseinandergeschnittenes Bild aus den Fetzen wieder zusammensetzen. Wenn man nun mit einem auseinandergesprengten Turm

Puzzle spielt, dann ...«
Plötzlich verstand ich, was hier gespielt wurde: Die Leute hatten den Turm absichtlich gesprengt, um ihn danach, Teilchen für Teilchen, wieder zusammensetzen zu können. Wie ich nämlich an den am Boden liegenden Teilchen erkannte, war der Turm gar nicht zerfetzt, sondern nur nach einem bestimmten Plan in seine Einzelteile zerlegt worden. Man konnte ihn also mühelos wieder zusammensetzen, und ebendies begannen die Leute jetzt zu tun. Ich sah, daß eine Gruppe von Leuten auf dem Sockel schon damit beschäftigt war, den Turm wiederaufzubauen.
»Bei Mimi, was für eine sonderbare Beschäftigung!« rief ich aus, ritt aber dennoch neugierig bis zum Turmsockel, auf dem die ersten Streben gerade in Löcher gesteckt wurden, während in der Mitte eine Art Mast aus verschraubbaren Einzelteilen aufwuchs.
Allmählich kamen von allen Seiten die Leute mit gefüllten Plastikkörben herbei, und in weniger als einer halben Stunde war der Turm schon übermannshoch. Nun hockten in seinen Verstrebungen Jungen, die die Teilchen von Hand zu Hand nach oben weiterreichten. Ganz oben aber saß ein Knirps, der mit lauter Stimme Farben und Zahlen ausrief. Zum Beispiel rief er: »Grün 2244!« Dann wühlten Mädchen und Frauen in ihren Körben, um das aufgerufene Teil-

chen zu suchen, während die Jungen und die Männer meistens die Teilchen vor sich auf dem Boden ausgebreitet hatten und sie nun mit den Augen überflogen. Wer aber das grüne Teilchen mit der Nummer 2244 hatte, rief: »Hier!« Dann wanderte das Teilchen von Hand zu Hand erst zum Sockel und dann hinauf auf den Turm, wo der Knirps es in die Konstruktion einfügte. Er machte es so rasch und geschickt, daß ich annahm, er habe dieses Spiel schon des öfteren gespielt.

Es war das sonderbarste Puzzlespiel, das ich je gesehen hatte. »Spielt man das hier oft?« fragte ich einen Herrn, der neben mir stand und seine gesammelten Teile vor sich auf dem Boden ausgebreitet hatte.

»Jeden Samstag, Sir«, antwortete der Mann. »Der Eintritt kostet einen Dollar.«

»Und können diese Sprengungen nicht gefährlich werden? Immerhin fliegen dabei Stahlstreben durch die Luft.«

»Die Mitspieler begeben sich in einen kleinen Bunker, bevor der Turm elektrisch zerpuzzelt wird«, bekam ich zur Antwort.

»Und was kann man dabei gewinnen?«

»Die Gruppe, die am schnellsten einen Turm zusammensetzt, Sir, bekommt fünf Autos, die sie unter sich verlost.«

»Und wie sind Ihre Aussichten?«

»Der Rekord«, sagte der Mann, »steht heute bei 2 Stunden 24 Minuten und 38 Sekunden. Wir sind die letzte Gruppe. Schaffen wir es schneller, sind wir Sieger.«
Ich wollte noch mehr fragen; aber zufällig wurden nacheinander mehrere Teilchen, die der Mann gesammelt hatte, aufgerufen, so daß es schwierig war, das Gespräch fortzusetzen. Ich schaute also stumm weiter dem Turmbau zu, vor allem dem lustigen Knirps auf der Spitze, der überhaupt nicht schwindlig zu sein schien und mit großer Gewandtheit die Teile ineinanderfügte. Als zum Schluß ein kleines goldenes Knöpfchen auf die Turmspitze gesteckt wurde, rief man ringsum hurra, und der Herr neben mir blickte auf seine Armbanduhr und sagte: »2 Stunden 14 Minuten und 26 Sekunden. Wir sind Sieger. Jetzt können wir fünf Autos verlosen.«
»Dann viel Glück, Sir!« sagte ich.
Hierauf ritt ich, mich immer wieder umwendend nach den bunten Puzzletürmen, auf Mimi, meiner Kuh, weiter in Richtung Alaska und schüttelte noch zehn Kilometer weiter meinen Kopf über das merkwürdigste Spiel, dem ich je zugesehen hatte.

An den Strauß

Aus dem Nama, der Sprache der Hottentotten

Dickbauch, voll mit Quarz und Steinen,
Großfuß voller Federzier,
Freund du der Melonenkerne,
Eine Feder schenke mir!

Langhals, Großzeh, Breitmund, Dickbauch,
Flüchtend durch das Buschrevier,
Königsstrauß, du großer Vogel,
Eine Feder schenke mir!

Staubbedeckter schneller Läufer,
Flügelwedelnd dort und hier,
Eine Feder aus dem Schwanze,
Eine große, schenke mir!

Königlicher Straußenvogel,
Rasselbauch und Buschlandszier,
Was du frißt, kann ich nicht essen.
Eine Feder schenke mir!

Königsstrauß, du hast zwei Knochen.
Voll von Markfleisch wunderbar.
Wieg den hohen Kopf und schenke
Dich mir selber ganz und gar.

Nach Heinrich Vedder

Rolfi Rundlich

Rolfi Rundlichs Vater ist Gemüsehändler, ein kleiner quicker runder Mann, der zwischen seinen Tomaten, Runkelrüben und Kohlköpfen vergnügt durchs Leben kullert.

Seine Mutter ist einen Kopf größer als der Vater, mollig, mondgesichtig, mit dreifachem Kinn und die Ruhe in Person. Kein Wunder, daß Rolfi gut gepolstert ist. Man kann nicht sagen, daß er ein dicker Junge ist. Es ist nur alles irgendwie rund an Rolf.

Eines Tages fuhr Rolfi in den Ferien zu seinem Onkel Willi aufs Land. Der Onkel ist dort Lehrer, hat ein Haus, einen Garten, eine Frau namens Ingrid und sieben Kinder. Mit Familiennamen heißt er Fitz. Frau und Kinder heißen ebenso. Als Rolfi am ersten Tag seines Aufenthaltes mit der Verwandtschaft am Tisch saß, kam er sich vor wie eine Tomate, die aus Versehen zwischen die Bohnen geraten ist. Oder auch wie ein winziger Punkt zwischen neun Ausrufezeichen. Alle Fitze sind nämlich ungewöhnlich lang.

Onkel Willi, der Allerlängste der Familie, sagte vor dem Essen: »In diesem Hause pflegen wir beim Essen zu schweigen. Ich möchte dich, lieber Rolf, gleich anfangs darauf aufmerksam machen.«

Rolfi, der schon eine Kartoffel im Mund hatte, antwortete mit vollen Backen: »Die Isegrimme unter uns halten auch immer den Mund, wenn gegessen

wird. Ich finde das sehr praktisch.«
»So schweig meinetwegen aus praktischen Gründen«, bemerkte der Onkel. »Aber sprich, wenn du schon redest, nicht mit vollem Mund!«
Rolfi sagte nur: »O. K.!« Sein Mund war nämlich schon wieder voll.
Ingetraut und Ingelore, die Zwillingsschwestern, kicherten. Sie waren gerade im albernen Alter, und beinahe alles, was Rolfi tat, fanden sie putzig.
Als Rolfi Rundlich eine Woche bei den Fitzens verbracht hatte, packte ihn das Heimweh wie eine Krankheit; denn hier war alles anders als zu Haus: Für jeden Tag wurde am Morgen ein Plan gemacht, und jeden Tag konnte Rolfi leider, leider sicher sein, daß dieser Plan auch eingehalten wurde.
Nichts, aber auch gar nichts geschah, was überraschend und daher besonders nett war. Sogar das Kichern der beiden Zwillingsschwestern Ingetraut und Ingelore ließ sich fast vorausberechnen. Vor lauter Heimweh verkroch Rolfi sich eines Nachmittags auf dem Speicher. Laut Tagesplan hätte er jetzt mit den Verwandten einen Spaziergang machen müssen; aber er hatte keine Lust dazu: er versteckte sich.
Der Speicher war eine Überraschung für den Jungen: hier stand und lag alles planlos und ungeordnet durcheinander. Er sah runde Lederpuffs zum Sitzen, altmodische Photos in ovalen Rahmen, Decken und Kordeln, bunte Holzreifen, Teddybären mit Bäu-

chen, einen Hampelmann und zwei Puppen mit Kullerköpfen.
Das war eine Welt nach Rolfs Geschmack. Das Heimweh war wie weggeblasen. Die nächsten zwei oder drei Stunden war er vollauf beschäftigt: er baute auf dem Speicher ein Kasperletheater. Die Lederpuffs wurden Zuschauersessel, die bunten Reifen wurden als Schmuck drumherumgelegt, eine alte Sofadecke wurde von einem Dachsparren zum anderen quer durch den Raum gespannt, und dahinter (oder eigentlich darüber) traten die zwei Puppen und ein Teddybär – von Rolfi geführt – als Schauspieler auf. Auch zwei Photos in ovalen Rahmen wirkten mit: An den beiden Enden der aufgeknüpften Sofadecke hingen sie an den Dachsparren. Rolfi Rundlich führte mit seinen drei Schauspielern das Stück »Schneeweißchen und Rosenrot« auf. Er stellte sich dabei vor, der Speicher sei gedrängt voller Zuschauer. Daher spielte er auch besonders lebendig.
Am Ende ließ er – mit nur zwei Händen – die drei Hauptdarsteller noch einmal über dem Vorhang erscheinen, und dazu sang er:

»Und was der Mensch mit Freude tut,
Das wird am Ende gut!«

Diesen Spruch hatte er aus dem Poesiealbum seiner Schwester. Plötzlich hörte der kleine Theaterdirektor Beifall. Keinen eingebildeten, sondern wirklichen, hörbaren Beifall. Sein Kopf erschien blitzartig oberhalb der Sofadecke, und seine Augen wurden groß: Auf den runden Lederpuffs saß die ganze Verwandtschaft versammelt und klatschte in die Hände. Im Eifer des Spiels hatte Rolfi sie nicht heraufschleichen hören.

Halb stolz, halb mit schlechtem Gewissen kam der Junge hinter der Sofadecke hervor. Er wollte sich gerade dafür entschuldigen, daß er sich davongestohlen habe, als der Onkel aufstand und sagte: »Du brauchst dich nicht zu entschuldigen, Rolf. Dein Spiel hat uns vortrefflich unterhalten.« Dann wandte er sich an seine sieben Kinder und fragte: »Stimmt es, meine Lieben?«

»Ja, Vater!« antworteten sieben Kinder im Chor.

»Gut! Setzen!« rief Onkel Willi. Aber dann mußte er über seinen Befehl selbst lachen; denn erstens war er nicht in der Schule, und zweitens saßen die Kinder ja schon.

Der Onkel wurde aber sofort wieder ernst und fuhr fort: »Dein Spiel, lieber Neffe, hat mir Aufschluß über deinen Charakter gegeben.«

»Wieso?« fragte Rolfi und sah den Onkel mit schräggeneigtem Kopf an.

»Das will ich dir erklären, lieber Neffe!« (Da der Onkel Lehrer war, wurde es eine ziemlich lange Erklärung.) »Nomen est omen«, begann die Erklärung.

(Ein Zeigefinger fuhr in die Höhe.) »Das heißt: Name ist Zeichen, ist b-e-z-e-i-c-h-n-e-n-d! Dein Name, werter Neffe, ruht auf dem runden rollenden R.« (Der Zeigefinger malte ein R in den Staub des Dachfensters.) »So mußtest du dich notwendig angezogen fühlen von diesem Speicher.« (Zwei lange Arme umfaßten mit theatralischer Geste den Speicher.) »Angezogen von diesem Speicher, sagte ich, auf den mein gerader ordnender Sinn allerlei Rundes verbannt hat: runde Sessel, runde Reifen, runde Bilder, Puppen mit runden Köpfen und Bären mit runden Bäuchen.« (Des Onkels Arme verschränkten sich über der Brust.) »So war denn auch deine Vorführung, Rolf, nicht von ungefähr eine runde Sache, weshalb es dir hinfürder gestattet sein soll, dich hier oben nach Belieben zu tummeln. Jetzt aber ...« (Ein flinker Blick auf die Armbanduhr.) »... jetzt aber müssen wir zu Abend essen, denn in wenigen Minuten schlägt es sieben vom Turme.«
Die Tante und die Kinder, die solche langen Reden gewöhnt waren, brachen sofort auf. Rolfi brauchte fast eine halbe Minute, ehe er sich davon erholt hatte. Aber dann legte auch er Bär und Puppen, die er immer noch in den Händen hielt, beiseite und folgte der Verwandtschaft ins Speisezimmer.
Von diesem Tage an spielte Rolfi auf dem Speicher, so oft er wollte. Und mehrere Male gab er den Fitzens eine Theatervorstellung. Er war richtig traurig,

als die Ferien zu Ende waren. Daß er den schönsten Teil dieser Ferien dem Buchstaben R verdankt, hat er nicht vergessen. Sicherlich wird er sich noch als uralter Mann daran erinnern, daß das R einen rollenden runden Charakter hat.

Frau Zenzi und die Zwiderwurzn

Im Dorfe Zirngiebling in Oberbayern lebte eine Bäuerin namens Zenzi, die Witwe war und mit ihrem Knecht zusammen wie ein Mann auf den Äkkern und Feldern arbeitete. Die frische Luft war ihr lieber als die enge Welt des Hauses. Deshalb suchte sie eine Frau, die ihr das Haus führen sollte.
Leider meldeten sich nur zwei Bewerberinnen, eine ruhige, rundliche, schon etwas ältere Frau und ein keckes hübsches junges Mädchen.
Die ältere Frau, die sich an einem Samstag vorstellte, besah sich das Haus und sagte: »Ich hätt Lust, hier zu arbeiten.«
Das junge Mädchen, das sich am Sonntag vorstellen kam, redete sehr viel mehr. »Zeit ist Geld«, sagte sie. »Bei mir geht alles zack-zack. Ich zapple nicht, ich zetere nicht, ich zanke nicht. Ich führe Zügel und Zepter zeitsparend und zweckmäßig. Bei mir muß jedes Zimmer glänzen. Mein Ziel ist, den Leuten, für

die ich arbeite, Zeit und Geld zu sparen.«
Nach dieser Unterhaltung, die sehr einseitig geführt worden war, besprach sich die Bäuerin mit ihrem Knecht. Sie sagte: »Das junge Mädchen benutzt für meinen Geschmack zu viele Wörter mit Zett.«
Der Knecht, dem das hübsche junge Mädchen äußerlich recht gut gefiel, erwiderte langsam: »Mit Zett fangen die Wörter zierlich, zart, zahm, Zucker und zwitschern an, Bäuerin. Wegen eines einzigen Buchstabens sollte man einen Menschen nicht gleich verurteilen.«
»Ich weiß nicht, ich weiß nicht«, sagte die Bäuerin Zenzi. »Wenn die auf den Hof zieht, dann wird's unruhig im Haus.«
Zufällig war das Fenster der Küche, in der die beiden standen und redeten, offen. Und zufällig konnten Bäuerin und Knecht ein Gespräch belauschen, das vor dem Fenster geführt wurde.
Da unterhielt sich nämlich der alte Hartl, der auf dem Hof seinen Lebensabend verbrachte, mit dem jungen Mädchen, das sich vorgestellt hatte. Beide kehrten dem Fenster den Rücken zu.
»Na, Mädchen«, fragte der alte Mann freundlich, »kriegst du die Stelle?«
Das junge Ding warf den Kopf in den Nacken, schnalzte mit der Zunge und machte: »Zzz!«
»Bist du abgewiesen worden?« fragte der Hartl erstaunt.

Das Mädchen zuckte unwillig mit den Schultern und gab wieder nur diesen zischenden Laut von sich: »Zzz!«
Aber den Alten schien das nicht zu stören. Geduldig fragte er weiter: »Gefällt dir vielleicht die Bäuerin nicht?«
Diesmal schnipste das Mädchen mit den Fingern, bevor es zum drittenmal »zzz« machte.
»Na, na, na«, sagte der Alte, »dir fällt doch kein Zakken aus der Krone, wenn du mit einem alten Mann wie mir ein bißchen freundlich bist. Oder sind dir meine Fragen zuwider?«
Ohne den alten Mann anzusehen, richtete das Mädchen sich plötzlich stocksteif auf und machte zum letzten Mal, ebenso stolz wie zornig: »Zzz!« Dann stolzierte sie davon.
Der alte Hartl sah ihr kopfschüttelnd nach.
»Wie kann so ein junges Ding bloß eine solche Zwiderwurzn sein«, wunderte sich der Knecht.
»Ich hab's dir ja gesagt«, lachte die Bäuerin. »Sie benutzt das Zett viel zu oft. Sie ist, wie du richtig bemerkt hast, eine Zwiderwurzn! Mit zwei Zett!«
»Jaja, hast schon recht«, brummte der immer noch verblüffte Knecht. »Nehmen wir lieber die andere Frau.«
So kam es, daß ein hübsches junges Mädchen durch einen einzigen Buchstaben ihr Gesicht und eine gute Stellung verlor.

Inhalt